CLIMBING MT.EVEREST
登上珠峰

我生命中的山峰 THE MOUNTAINS OF MY LIFE

蒲伟/张静著

陕西新华出版传媒集团 | 陕西旅游出版社

CAPABLE * LIMITED

PROFESSIONAL DESIGN AGENCE FOR THE SMALL ENTERPRISE & STARTUP

能力有限设计事务所

图书策划：　高凯

书稿统筹：　吴诗芸

图书监制：　方城影视文化传媒

设　　计：　能力有限设计工作室

王皓

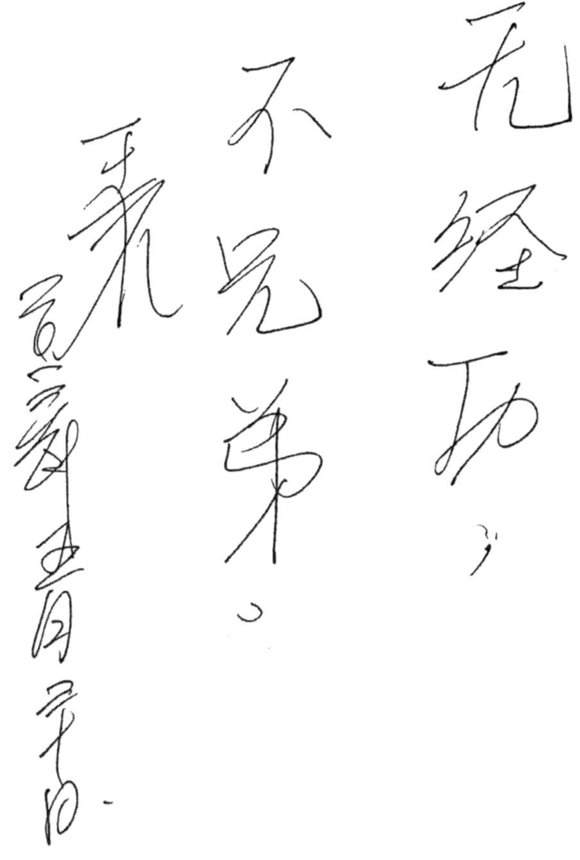

伟大的心魂有如崇山峻岭，我不说普通的人类都能在高峰上生存。但一年一度他们应上去顶礼。在那里，他们可以变换一下肺中的呼吸，与脉管中的血流。在那里，他们将感到更迫近永恒。以后，他们再回到人生的荒原，心中充满了日常战斗的勇气。

——罗曼·罗兰

序言／壹

我和蒲伟的结缘始于1994年，当年蒲伟与德国探险家Bruno Baumann徒步穿越世界第三大沙漠——内蒙古巴丹吉林沙漠，历时三个月，完成了人类首次东西穿越巴丹吉林的壮举，而Big Pack是赞助商。

因此机缘蒲伟深切了解到专业装备对于户外运动的重要性，从而萌发了从事户外运动用品事业的想法。

2001年，他的梦想得以实现，在西安创立了绿蚂蚁野外用品公司，并成为最早代理我们品牌的中国经销商之一。经过他十多年坚持不懈的努力，现在绿蚂蚁已成为西安乃至全国最有影响力的户外品牌之一。

然而户外店的成功，并没有停止他户外探险的脚步。2003年他攀登云南哈巴雪山，2006年他与妻子张静成功登顶新疆慕士塔格峰，是世界第五对同时登顶慕士塔格峰的夫妇，并开始关注地球生态“7+2+1”活动。2003年他开始关注环保公益事业，参加青海可可西里保护区志愿者工作，参加保护可可西里藏羚羊活动，同时发起策划组织“净水鸟”太白山环保活动，每年号召志愿者在秦岭主峰太白山进行捡拾垃圾等环保事宜，这都是一种社会责任感的体现与环保爱心的传递。

而从他的经历中，可以看出户外登山运动怎样影响了他的人生，更美妙的是他通过这些经历的分享，鼓励更多的户外运动爱好者参与其中。

希望通过这本书，能点燃你对户外运动的热情。

约格

德国BIG PACK品牌创始人

德国户外协会主席

欧洲户外展创始人之一

序言／贰

我是在1994年巴丹吉林沙漠处女探险中认识了蒲伟，当时他是我团队里的中方人员之一。

那时的他还没有多少户外旅行的经验，但仍表现得相当出色。他在其他方面的才华，令人很难断言他未来会成为一名艺术家还是户外运动家，但是他的激情和专注毋庸置疑。

现在他已经成为中国方兴未艾的户外运动领域中的领军人物之一。对于当年能和他分享我的沙漠处女探险经历，我感到非常自豪。

It was in 1994 during a pioneer expedition through the Bardain Jaran Shamo when I met Puwei first. He was one of the Chinese members of my team.

Although he had not much outdoor experiences before he performed very well, however he had various talents and it was not clear whether he will become an artist or an outdoorer. Meanwhile it is no doubt about his passion and commitment.

He is one of the leading figures in the young but vital outdoor scene of China. I am taking pride to have shared an initial desert experience with him.

布鲁诺 · 褒曼

2012年5月于德国慕尼黑

Bruno Baumann

May 2012, Munich/Germany

序言／叁

他是一只勇猛而柔情的狮子

蒲伟的微信头像是只狮子，像他的外表，坚硬的胡须，黝黑的皮肤，壮硕的身材，刚毅、勇猛、活脱脱的西北汉子形象，够爷们，够坚韧。

在绿蚂蚁呆了十多年的陈讯说：“蒲哥是一个极度缺乏生活情调的人，很难将其与艺术家的浪漫等特质与形象联系到一起。他不讲究吃，不讲究穿，不讲究住，开车都是二手车，经常去修车，唯独坚持自己的登山爱好。”

蒲伟从小就喜欢画画，本想以后当一个艺术家，大学毕业后在北京音乐厅画廊里坚持工作了四年后，曾经自视清高的他逐渐与生活、商业和解了。

他说，自己不想作一个饿肚子的梵高。

很多人说他像一座山，胸怀宽广，心向远方。很大程度上，是因为山滋养了他，多年的登山经历，让他在自然中得到智慧和力量。

成立绿蚂蚁，起初他只是为了“以贩养吸”，逐渐地，他开始将其越做越大，他自己也越来越有使命感了。

他是一只狮子，不断在奔跑，我的写作跟不上他行动的速度。

就是在2016年四五月份，我开始准备这本书之后，他发起了2016“活力长安发现古都”城市定向赛，也在为今年攀登玛纳斯鲁峰做着规律的训练，最近他又搞了一个亲子游戏叫“爸爸出发”，和儿子一起用100元从西安到兰州，他还策划了“2016·中国·秦岭超级越野跑——太白山100km（58km测试赛）”……这其中还不包括俱乐部的各项活动、净水鸟项目、城墙跑活动等。

如果写作者的写作速度跟不上主人公本身的行动速度和进化速度，这该叹息还是欣慰呢？

过去已经定格，未来还在展开，而我只能以笨拙的笔触去记录过去和现在，蒲伟正在马不停蹄地续写他的未来。

他是一只充满力量感的狮子，却有着特有的柔软和温顺。对待妻子、孩子和员工，蒲伟有着自己温情脉脉的表达方式。

蒲伟说，每个人都像他一样，普普通通地走向自己追求的方向，具体怎么走，够不够坚定，当局者迷，很多东西他也是回过头来看才能理解的。

他希望通过这本书，对自己走过的路做一次回望，继而勇敢出发。

这不是一本纯粹讲述登山的书，对于普通的你我而言，可能没有那么深刻的历险与生命体验，但正如蒲伟所一直强调的，每个人都在自己做的事情中修行，他只不过是通过登山这种途径而已。

大家在本书中看到的，不仅是登山，还有死亡、理想、力量、户外、商业、夫妻关系、父子关系、环保和我们每一天的阳光与笑脸从哪里获得。

而对于我自身而言，也逐渐被蒲伟的力量所影响。蒲伟将自己称为光晕，希望用自己星星点点的光亮晕染一部分群体，首先从家人、朋友，再到员工、陌生人……

吴诗芸
2016年8月19日

序言／肆

不知不觉中，我已经是快奔五的人了，时间一晃而过，让人不禁留恋它的无情和短暂，进而更加贪恋和珍惜当下的所有。

也曾有过没心没肺的时光，那是在大学毕业以前，有父母和学校罩着，便有了满满的安全感。

大学毕业后，瞬即成了社会人，满足财务自由的现实需求和对绘画理想的追求，便成了一对主要矛盾。我曾蹬着自行车来回近四个小时去画廊做策展，为了省时间，也曾在画廊旁三十米狭长的走廊里睡了三年时间，那时，绘画的梦想大于一切。

后来，如很多人一样，为了赚钱我做过一些工作，开过公司，也赚了一些钱，但我逐渐感觉到了这种缺失斗志和理想的生活方式的危险，我最怕自己身上失去一股劲，一直以来，都是它指引着我度过很多困难，于是我又重新给自己找困难。

和户外结缘于一次沙漠探险，也是那次虐心而刻骨的经历，让我爱上了一种苦难的生活，登山正是如此。

登山和很多运动都不一样，其最大特点在于艰苦、孤独、单调，当你真正地靠近它，雪山便失去了建筑学和视觉意义上的美，而成为了一场自虐的精神救赎之旅。

山峰是一个远离日常生活的场景，或者说是一次苦难的浓缩放送，在不断地抱怨严寒、大风、缺氧、暴雪以及与死神搏斗中，忍受、征服，而后获得一种自信感，然后将生活的庸常放入这个更宽广的坐标系里，很多的不幸和失落感便不值一提。

做企业和登山一样，有时甚至比登山更难，我觉得登山的经验多多少少对我做绿蚂蚁有所帮助。也是在这几年里，绿蚂蚁开始更多地参与到这个城市的人群、环境中来，我们在传播一种积极阳光的运动文化和自然环保的户外运动方式。

也是在这些年里，我的角色越来越多，儿子、丈夫、父亲、一家户外店的老板……如何在家庭和事业之间找到平衡，如何扮演好一个丈夫的角色，如何面对儿子的成长，如何让绿蚂蚁发展得更长久更稳健，都成为我需要思考的问题。

因为对时间的珍视，我每年都会给自己制定一整套计划，今年我的一个目标就是出一本书，对自己过往的时光做一次回望，从而勇敢书写接下来的时光。

如果你在本书中看到了一些正能量，或者在身体、山峰、户外经管、亲子关系等方面有些许感悟，那么，我将深感欣慰。

再次感谢你打开这本书！

蒲伟

2016年8月29日

目录

珠峰

与世界之巅的10分钟亲密接触

我终于站在了世界之巅——珠穆朗玛峰顶，这一刻是2009年5月17日10时05分，它曾是我过去几个月里，无数次憧憬和幻想过的场景。

虽然带着氧气面罩，但峰顶咆哮的狂风，仍以我所经历过的风的最高频率，肆无忌惮地打向我裸露的刺疼的脸，珠峰向攀登者彰显着世界最高峰的威严，零下40度左右的温度，拍照几分钟，相机就会被冻住。

“终于他妈的没有比这更高的地方了，终于可以下撤回去了！”成功登顶的我，没有征服世界最高峰的喜悦和兴奋感，缺氧的大脑中唯一思考的事情就是如何活着回去。

在这略显狭长、面积可容纳10人左右站立的冰坡面上，在这无数探险者和登山爱好者梦寐以求的8844米处，一个人类极少到达的高度，我仅停留了不到10分钟，否则就会被严重冻伤。

我展开用两根筷子缝上去、写有“祖国好”三个红色大字、从一块白色床单撕扯来的一角做成的旗帜，在光线太强的情况下让队

2009年5月，与队友行进在通往珠峰前进营地的路上

友盲拍了几张便匆忙下撤，回来后才发现，“好”字没照全。

下撤途中，每挪一步都要耗费巨大的体力，我的右脸被严重冻伤，右眼也越来越模糊，内心充满恐惧和担忧，“如果左眼再出现问题，两个眼睛都看不见，我就无法下撤！”

一个更加危险的信号在我心底升腾而起：“我怕我下不去，我怕我回不去，看不到家人。”

另一方面，这样的恐惧想象更加刺激了我求生的欲望：“我一定要回去，哪怕留下残疾或者遗憾，我都要活着回去。”那一刻我明白，生命的意义不在于登到多高，而在于是否能够安全下去。

就在登顶途中，我一路看到了五具尸体，都是以前登顶珠峰的人。

由于右眼看不见，我只能靠左眼一步步往下撤，更令我担心的是，在下撤到海拔8600—8500米时，我的氧气面罩里的氧吸光了，强劲的风在耳边肆虐，似乎要将我吞噬卷入无边无底的黑洞之中，但此刻，自己更加沉重而局促的呼吸声和忐忑不安的心跳声更让我心生畏惧。

有多年高海拔登山经验的我马上与向导沟通，身边的向导顺手拣了路边以前遗弃的气罐给我戴上，就这样，我硬挺到8300米的突击营地，这个我曾上过最高海拔厕所的地方，我给妻子打电话的地方，也是我人生中少有的哭过的地方，这些都发生在5月16日的登顶前夜。

登到8300米的时候，我非常累，非常辛苦，不断问自己，为什么要到这里来，我不敢睡觉，怕睡觉会有反应，四个人挤在一顶帐篷里。

帐篷内每个人都冷得瑟瑟发抖，虽然很疲惫，但谁都睡不着，对未知和不确定的恐惧中夹杂着对成功登顶的憧憬和兴奋，激动无比，却又忐忑不安。

“我想上厕所了”，当我从口中说出这句话时，帐篷内队友的唯一反应是：“这么高的海拔，外面风那么大，还是不要去了。”

人有三急，我把安全带挂在保护绳上，氧气罐背在身上，大风劲吹的恶劣环境让行动很不方便，脱裤子、穿裤子这样一些平时很简单的动作此时都变得无比艰难。

回到帐篷后，我的呼吸特别困难，不敢睡，只能用高山炉子烧一点喝的，保持身体有一定热量，卧在那里，一会儿腿便麻了，一会儿蜷起来坐着，此时我唯一想到的事情，就是给爱人张静打个电话。

我不可能告诉她，珠峰的死亡、冻伤、滑坠等事故，几乎80%—90%的事故都出现在海拔8000米以上的生命禁区，而我们在17日凌晨1点就要突击冲顶，所有事故都可能在这个过程中发生。

我压力很大，但毕竟之前登过很多高峰，对自己能够登顶保持着适度的自信，大脑中想到两种可能：一种可能是我能成功登顶却下不来，另一种可能是我成功登顶而且也能下来，可我特别担心自己下不来。

我不知道这样的话语会对她产生多大的压力，我什么也不能说。

“张静，我已经到8300米了”，我哽咽地只说了这一句，那一刻满眼泪花。

“你什么也不用想，就专注去攀登”，她也只说了这一句就挂了电话，我能想象到她挂断电话后的痛哭和眼泪，可是她说话时声音假装很平静。

挂完电话，我开始努力平复自己的心情，让自己什么也不想，在一秒秒中雕刻时光，度过登顶前最焦虑的一段时光。

17日凌晨1点，带上头灯，我开始艰难地向上攀爬。因为风大，珠峰8300米以上路段积雪极少，全是坚硬的岩石，冰爪踩在上面很不舒服，而且一开始好多路段还是碎石坡，很难行走。

一路向上，风越来越大，气温越来越低，路也越来越窄，我的内心充满了恐惧。

过了珠峰第一台阶，海拔8500米左右一个约3米的岩台后，经过一段时间的攀爬，黑暗中，我的眼前呈现出一处高约5米多，垂直光滑、极其陡峭的岩壁，旁边有一架金属梯子，我的腿有点发软，根本不敢往下看。

这里是位于海拔8650—8700米之间，珠峰最著名的第二台阶中最难的一段，任何人都绕不过去，每个人通过需要10到30分钟不等，如果在这里发生拥堵，错过最佳登顶时间，就会产生严重后果。

妻子的话语这时继续给我力量："你什么也不用想，就专注去攀登。"

我将左脚的冰爪踩在梯子上，迫不及待地吸入了两大口氧气罐中越来越少的氧气，然后右脚踩上来，再吸入两大口氧气，随着双手和双脚的移动，一步一步，爬到了梯子的最高一栏，然后抓住岩壁上的缆绳，爬上了第二台阶。

我大呼一口气，经过了这里，登顶就相对容易多了。继续向上，通过第三台阶，这是海拔8800米处的一段架设成"之"字形的路线绳，伴随着越来越强的风、越来越低的温度和我越来越急促的呼吸声，我终于到了顶峰。

此刻，我又回到了8300米处，而这，并不是一个安全的领地。

继续，从8300米到了7790米的C4营地，每一步的向下，每一秒的行走，都是和死神的赛跑，和最高峰争夺着自己的生命，这时很多山友都已经精疲力尽，我也想在这里露营。

向导坚决制止："在下撤时休息，然后一睡不醒是很常见的状况，今天一定要坚持到7028米的北坳营地。"

在氧气不足的情况下，我继续艰难地向下撤，沿途看到或趴或仰的几具尸体，又给我增加了很多精神压力，因为夜晚上山时看不到路，此刻看到1、2、3台阶和横切时道路的陡峭情况，我不禁更加心生畏惧。

"我必须坚持！我一定要坚持到7028米！"这是我当时唯一的

2009年5月17日上午10点05分，成功登顶世界之巅珠穆朗玛峰

意念。

我想起了到达6500米前进营地时，晚上吃完饭，关了灯，我找了个录音机，为大家放玛丽亚·凯莉的那首《hero》，每个人都是自己内心的英雄。

大家都闭上了眼睛，玛丽亚·凯莉高亢而充满激情的声音在珠峰上飘荡，我早早准备好了这首歌词的中文翻译，念给大家听，黑夜中，每个人都能感受到自己内心的勇气和力量。

“有一位英雄孤独走来 | 伴随着力量前进 | 把你的恐惧甩到一旁 | 你明白你能活下来 | 当你感觉希望破灭之时 | 正视自己要坚强 | 最后你终将发现这个事实 | 你是一位英雄”

登珠峰不仅是对体力的考验，更是对意志力的无尽消耗。在狂风暴雪的极端自然环境下，攀登者随时面临着冻伤、缺氧、雪崩、滑坠等危险，在这场孤独的自虐之旅中，放弃是最简单的也是最危险的，而内心的那份坚持和信仰尤为重要。

终于到了海拔7028米的北坳营地，我长舒一口气，想起了妻子张静。

在珠峰上，为什么会首先想到这样一个女人，这个跟我没有任何血缘关系的人，我开始认真思索这个问题。这世界上有60亿人，30亿女人，有一个女人愿意跟你在一起，而且为你的生死揪心，为你的生死彻夜未眠的时候，日常生活中的什么错也大不过这些。

在海拔7028米处休息调整后，我们继续下撤，经过海拔6500米的前进营地、5800米的C1营地、5200米的大本营，5月20日，大家前所未有地轻松，坐车返回日喀则。

坐在车上，时间一晃而过，趁着这个间隙，我才断断续续回忆了登顶的过程，并简单记录了当时的心情：

“时间很短也很长，甚至我都还没来得及回味珠峰，就已经结束了。这个过程有挣扎、有憧憬，但更多的是信心和把握。当面对世界最高峰时，所有的人都只有敬仰和保佑。自然以它博大的胸襟容纳着人类，人类只能亲近它，而不是征服它，因为这一趟，我体会最深的是对大自然的敬畏和对自己的控制。”

20日晚上10点，我们到达目的地——海拔3850米的日喀则，我开始觉得，这里的夜晚比我刚到达时更加静谧而唯美，我内心的一块石头也终于落地了。

从3月29日上午下着小雨的曲江池畔出发，到现在已经过去了50多天，每一天都是欣喜与疲惫交织。更重要的是，为了实现这个梦想，从2005年起，我就开始为攀登珠峰进行各项准备，包括体能训练和高海拔冰川攀登训练，从5000米到6000米、7000米的冰山，我已攀登了好几座。

2009年5月24日晚，被晒得黝黑、脸上留着冻伤的我归来，妻子和儿子去机场接我，伴着眼泪，一家人紧紧拥抱在一起。

“母亲之吻”

因为冻伤，登完珠峰的两年多，我右脸上一直留着两块黑斑，至今谈起来，我依旧觉得非常幸运。

我特别感谢珠峰，当时我曾调侃自己，戏称这是“母亲之吻”，这是我心里的一份喜悦，因为在藏族人心中，珠峰是圣母峰，像母亲一样给我一个亲吻，留到脸上没什么不好意思的，我就是这么想的。

虽然登上珠峰并没有让我成为什么“英雄”， 但归来的我，走到人群中，无形中感觉自己的形象比往日高大了一些，生命中又多了一份自信和从容，在喧嚣世俗中的灵魂被重新清洗了一遍，持久滋养着我往后的人生。

让家人同意，这是登珠峰前必须做的功课。起初妻子张静不太愿意，我就带她一同去登雪山，我们曾一起登上了慕士塔格峰，在这样的过程中，张静也开始成为一名登山爱好者，开始慢慢理解并支持我的行为。

刚开始我也没让父母知道，父母不知道珠峰是个什么概念，前段时间有个影片叫《绝命海拔》，我爸妈看了之后才觉得是那么危险。

2009年3月30日，我抵达拉萨，和来自祖国各地的10余名队员开始对装备进行清点和整理。

4月1日下午，队员们签订“生死状”，也就是登山合约。

签字的一瞬间，我感觉自己把生命交给了登山学校，从某种意义上说也就是无路可退，心情不免沉重起来，但一切都是自己的选择，我接受这种选择和挑战。

刚到西藏的几天，身体状况良好，就是对高原气候不太适应；有些消化不良，但也没有大碍；在运动方面，我尽量不强迫自己，顺应身体的自然反应。

初到珠峰脚下，在蓝天白云的衬托下，由积雪和岩石构筑的珠峰有一种梦幻而粗粝的美，显得格外威严庄重，天空湛蓝湛蓝的，旗云就飘在珠峰顶端，仿佛和天连在一起，营地的帐篷一字排开分外整齐，营地的中央高高飘扬着五星红旗。

我被这壮美的景色所触动，珠峰就像悬挂在天上一般，峰顶看上去那样寒冷、孤寂和渺远，似乎真有一条无法逾越的警戒线，我不禁想：这世界最高点，我能到达吗？

在海拔4318米的羊八井正式展开为期3天的高山训练后，4月8日，我们踏上了真正意义上攀登珠峰的征途，两天后，我们奔赴到位于海拔5300米的珠峰大本营。

2011年攀登南美州最高峰阿空加瓜，二号营地

大本营处的氧气含量相当于海平面的一半，而峰顶的氧气含量则只有海平面的三分之一。为适应不断增加的海拔高度，人体需要在许多方面做出调整，诸如呼吸加速、血液PH值的改变，以及输送氧气的红细胞在数目上的激增，这一转变需要数个星期才能完成。

在大本营休整两天后，4月12日，我们在巨石间整理好服装、安全带、安全绳，往靴子上安装上攀登冰爪后，一路伴随着山谷中的大风前行，开始进行高海拔适应训练。

教练要求我们不要焦急，缓步适应越来越稀薄的空气，脚下踩着一路的碎石慢慢行走。随着海拔一点点升高，我的呼吸开始变得有点急促，中午时分太阳直射着，大脑也开始眩晕起来。

4月17日，我们经过5个小时来到海拔5800米的过渡营地，这是为了让我们逐渐适应高海拔而建立的营地，营地建在冰川上，旁边就是一个很大的冰河谷，四周都可以看到十分明显的冰裂缝。

阿旺教练一直在强调安全问题，据阿旺介绍，2002年他来此地，两山之间只是一条冰裂缝，一步即可过去，而今却是个很大的冰河谷，到对面常常需要一个多小时。

我不禁感慨，这就是全球变暖的真实写照，全球气温的升高对冰川有很大的影响，看来确实要早早关注环境问题。

4月20日，我们到达了海拔6500米的ABC前进营地模拟珠峰第二台阶，我的状态一直还不错，没有任何高原反应，就是训练时身体极度缺水，鼻子里全是血痂，又不敢碰，怕流鼻血，因为在高原流鼻血是无法止住的，所以只能大量喝水，觉得身体像个水罐，但还是缺水，只能不停地喝。

风非常大，必须非常小心，稍有疏忽，就会被风刮走，帐篷被风吹打发出的噼里啪啦的声音不断在耳边响起，那几天，我们主要是在海拔6500—7500米处进行适应训练。

4月25日，我们按时到达海拔7028米的北坳，顺利完成了冲顶前的集训，4月28日下撤到大本营休整，为登顶珠峰做身体储备。

经过两个多星期的高海拔适应性训练，我突然发现与上面极其稀薄的空气比起来，大本营的空气显得浓厚而富有氧气。

4月30日，我们从大本营下撤到老定日县，大家都给自己放了假，不刻意安排任何事情，让时间随意流淌，心情轻松、愉悦了很多。

休整一周后，5月3日晚上8点多，我们再次到达熟悉的大本营，在这里正式开始攀登珠穆朗玛峰的行程。

大本营的夜晚如此静谧而安详，点点星光在夜空中闪烁，可是我们却无暇欣赏这种美景，第二次返回大本营时大家神情都非常凝重，每个人都知道此行的真正意义，这次的大本营驻扎，就意味着攀登珠峰的开始。

5月5日，队员们分成A、B两组，A组先上，根据天气情况，B组相隔一天上。分组以抽签的形式决定，我幸运地抽到了A组。

也许大家都太想家了，当时都想抽到A组，但不管怎样，各自的身体和精神素质是最重要的。抽完签后，按照原计划，5月6日要向海拔6500米的前进营地行进，5月7日—5月15日要完成冲顶任务。

但由于突然而来的大风，队长桑珠要求大伙原地待命，所有的队员都显得很失望，可每个人都理解在攀登过程中天气的重要性，所以大家只好调整心态，在大本营静心休整，直到5月9日才开始向海拔6500米的前进营地进发。

5月12日，队员们到达海拔6500米处的前进营地等待天气好转，按照原定计划，早该上7000米了，但由于天气持续恶化，暴风雪来临，队员们仍旧窝在海拔6500米的营地原地待命，等待好天气的到来。

在帐篷内等待了两天时间，我的内心忐忑不安，偶尔才能睡着，狂风夹杂着雪粒撞击着我们的帐篷，不断发出嘶吼的声音，似乎要把我们吹向山底。

5月14日下午两点多，我们开始在一路的大雪中攀爬，从海拔6640米左右开始攀登北坳冰壁。北坳冰壁是攀登珠峰的必经之路，降雪量少的情况下冰壁比较硬，攀登较难，降雪多的情况下攀登会相对容易一些，但也有冰崩的危险。

谁也无法预测，在轰隆的声音中，什么时候大雪块混着冰块滚滚而来，把我们淹没、卷入悬崖或是撞击在山脊上。

黑夜的来临，让行程更加艰难，一直到晚上7点20分左右，我们A组的11名队员才陆续到达了海拔7028米的北坳营地。

当时，我的身体状况一路良好，就是冷得要命，加上下大雪，每个人都是满脸发紫，双手和双脚失去知觉，进入帐篷后再也不想出去了。

待在帐篷里，稍有手机信号，大伙便争先恐后向远方的亲人报平安，都希望一切能按原计划进行，能早点回家和亲人团聚。

从海拔7028米—7500米的路段为三大雪坡，坡度缓、路线长，比较容易行走，但体力消耗较大。中间要通过大风口，整个路段没有避风的位置，大风甚至能把人吹飞，之前发生过连人带帐篷一起吹下悬崖的事例。

5月15日下午，我们从两点开始攀登，走了整整五个小时，高度仅仅提升了800米，还有一些队友走了六七个小时。最后的路段为岩雪混合地形，穿着冰爪在岩石上行走比较费劲，一不小心就会摔倒。

每个人都极度疲倦，我躺在帐篷中，喘息和咳嗽不止，一碗热热的酸辣汤喝下，整个身体才有了知觉。

当天晚上，天气情况非常糟糕，帐篷差点被风刮走，队员们躲在帐篷里祈求风小一点，因为在登顶时遇到大风最危险。

如果天气只是下雪不刮风的话，我们5月15日就能到达海拔7790米处，然后进入海拔8300米的突击营地，最后冲刺顶峰。

16日早上10点，耳边的大风呼啸声开始慢慢停止，我们再次出发，经过五个小时的艰难行进，于下午3点半左右抵达珠峰海拔8200米处，当时，估计到8300米处还需要一个小时。

这时风又开始刮得厉害了起来，大家每走一步都得非常小心。我的状态很好，就是呼吸十分困难，每吸一口气都像在救命。

按照当时的速度，我们16日晚就可以向峰顶发起进攻。可是，16日晚天气非常不好，风非常大，所有的人几乎都没有睡觉。

到了海拔8300米处，我给妻子打了电话，17日凌晨一点，我们戴着头灯，一路向峰顶发起冲击。

我登珠峰是一次理性的考量

在很多人看来，登珠峰并不是一件理性的事，更多地被定义为一种冲动，或者是内心渴望征服的外化和表征。

我认为，自己选择去登珠峰并不是一种感性冲动，我是理性的，登珠峰之前我登了七八座雪山，我对山有着很深的了解。

与山结缘最早始于童年，新疆乌鲁木齐的一个矿区里，我在此出生长大，小时候没有帐篷，五六年级的我，经常一大早就和几个小朋友带上馕，爬到山上去采雪莲，采下来，我们用铁丝一根根串着挂在身上。

长大后我才知道，在雪线交界、海拔2000多米以上才有雪莲的存在。

在山里，我们还能捡到玛瑙、珠子和鹅卵石，有些砸开里面是透明的，还有小虫子，现在都找不到了。

这是我跟山之间的初始交流，从来不知道为什么，几个小朋友乐此不疲。从小与山打交道的我，对山有更自然的情感。

在珠穆朗玛峰海拔8700米处

在登珠峰之前，我也登过了大大小小很多山，青海玉珠峰、云南哈巴雪山、西藏阿尼玛卿山、四川半脊峰、新疆慕士塔格峰，都留下过我的足迹。

以前说不清楚为什么去登山，就是觉得要去登山挺兴奋，以一种玩的态度来对待。当处于恶劣的环境中，就会反问自己、责备自己、骂自己，再也不想来了。

太白山，我已数不清去了多少次，每次登山都很痛苦，“妈的，又要走这么远，累死我了”，这样的想法起初会在我的大脑里涌现，后来爬的次数多了，我也想明白了，既然来了就爬，山在这里，面对就行了，痛苦是正常的。

回到现实，沉浸在安逸的环境中，生活中的抱怨、恨失、纠结等负能量开始占据大脑，这时我又不断生发出想要自我挑战的强烈欲望。

而这一次，我将目标对准了珠峰，可以说，这是一个潜藏在心中已久的遥远梦想，也是一种内心持久的冲动和欲望。

我很无趣，不抽烟、不酗酒，偶尔会和朋友喝一点，但能把自己控制住，除了经营绿蚂蚁、陪家人之外，我只有一个爱好，就是登山，跟自然打交道。

我在2001年创立了户外运动品牌绿蚂蚁，当时是为了“以贩养吸”，因为登山是一项特殊的户外运动，不仅需要时间的投入，也需要物质和金钱层面的支撑，经营一家户外品牌店，则可以支撑我的梦想。

陷入绿蚂蚁经营事务的我有一段时间很纠结，我发现自己登山的时间越来越少了，这相当于“贩了没吸”，我开始重新思考自己的梦想到底是什么。

既然喜欢登山，那么我就想看看世界最高的地方有什么样的风景，珠峰成为了我新的梦想，那是在2005年确立的目标。

从那以后，我制定了一整套训练计划，每隔一两天就锻炼，包括定时训练攀冰和雪山行走，对于吃饭也开始严格要求。特别是在2007年，我专门到西藏登山学校学习高海拔攀登技术，并严格按照登山集训内容进行身体体能训练。

到目前为止，我最胖的时候就是2005—2006年，运动量加大后，我体重减轻了30多斤，在这个过程中也克服了很多外在和心理的因素，我去登海拔5000—6000米的雪山，给家人以信心，证明我有能力做自己喜欢做的事。

也是在这样的经历中，我更加了解山，我觉得山是一样的，只不过高低不同而已，我的人生和血液里，特别感性的东西不是很多，学画画和艺术的时候我很感性，现在慢慢越来越理性了。

在我看来，登珠峰确实有很大危险，但关键还是在于怎么去理解这件事，怎么去管控风险。我用科学理性的态度对待登珠峰这件事情，用敬畏心去管控风险。

在山上有风险，在生活中就没有风险吗？你不敬畏生命，出事的

闲暇时的留影，一起攀登的云南兄弟

可能性就非常大。

在管控风险方面，就算这次登不上去，我也不会强迫自己，我知道山就在那里，把命保存下来，我下次还可以来。但是很多人不会，这就涉及到人的执着贪念，“我准备两年了，到这来上不去多冤啊”，抱着这样的想法就有可能把命搭进去。

出事的一般都是要跟山比个高低，常把“征服了哪里哪里的山”挂在嘴上。我觉得，没有征服这一说，你只能去跟山接触，亲近山、了解山，通过山了解自己，而不是去征服山，你征服不了，更征服不了珠峰。

珠峰除了四五月份天气好点的时候可以登上去，八九十月份你去试试，恐怕连人都找不到。人类面对自然环境，就是要有敬畏心，敬畏自然、敬畏生命，山难事故背后大都是因为人太自以为是、太自大。

有个资深的美国登山者，经验非常丰富，多次担任攀登珠峰的向导工作，但这辈子还没有登顶。

据说他曾经有两次“无限接近”顶峰的机会，但因为天气或身体等条件不完备，最终都放弃了。但他丝毫不觉得遗憾，他说：“如果这辈子没到过珠峰之巅也没什么。但如果我冒险冲顶，或许以后再也没有机会了。”

西藏登山学校校长尼玛次仁是藏族著名的登山家，他建立的登山学校培养出了大批向导和协助登山的人才，他也同意这样的观点，“登山是一种体验，是对自己的挑战。你的极限到了，你感受到了，那就行了。不要太执着，挑战的机会以后有的是，但生命只有一次，不能不爱惜。”

包括攀登秦岭太白山时发生的事故，我认为都是因为不敬畏山、不敬畏生命所导致的。

太白山有一年死了三个人，媒体来采访我：“蒲总，你能讲讲到底是什么原因？”

我说：“根据报道和我的经验来说，这三个人应该是因为装备不够，遇到了恶劣天气，一个人把腿崴断了，可能一开始同伴都帮他，结果天气太恶劣，另俩人自己装备也不够，加之内心恐惧、耐心不够，人的自私和贪心就有了，就把他撇下了。腿有伤痛，加之天气恶劣、装备不够，不用说肯定会冻死，另外两个人在恐慌下做出的判断也会错误，越紧张，判断就越会出现错误，两个人会产生分歧，结果两个人连装备都没有就分散走，你不听我，我不听你，结果纷纷冻死，就这么简单。”

如果在攀登前就去充分了解山的环境、天气，且个人能力和装备可以应付，就可以去，而且要有敬畏心，认真对待，认真准备，其实三千多米，农民穿个板鞋都上去了，根本原因还是内心深处对山不够敬畏。

“结果上了山，山导演一场戏，变天、暴风雪肆虐，一个腿崴了，人就慌了，这才是真正考验心理素质的时候，如果自私，就会想快跑吧，别把我弄死在这儿，如果心里有爱，把大家凑到一起，等待救援或者想办法救援，可能信号不足、没有电话，这时候最重要的是保存体力，卧倒在一起互相取暖，把能盖上的盖上，一个人饿一天两天死不了。”

此外，还与不了解自然有关，“暴风雪，突然来了突然停了，这才叫暴，这就说明他们对自然环境不了解，再加上恐慌，心理没有承受能力，就做出错误判断，事情恶化，演变成死伤一片，就是这样的结果。”

我认为，十有九个出事就是这样，自认为很牛很厉害。我们这些老鬼上山，每次都要带厚衣服，每次都带防雨的，今天不下雨，不代表山里不下雨，有备无患。所有户外运动最起码的常识就是有备无患，很多人偷懒，这不带那不带，结果老天爷给你下场雨，浑身一湿，就容易失温，容易冻死。

在登山过程中，大部分人的眼光都集中到体力上，我觉得体力都没问题，只要脚好手好没有病，有一颗想去的心就够了，我认为80%—90%出事都是自己的问题，不够了解自然，也不爱惜自己的生命，非要与山比高低。

珠峰是一个目标，但不是一个马上就要到达的目标，在我看来，因为对山有敬畏，才更加需要自觉和持续的锻炼和准备，循序渐进。

先徒步一天，再两天三天，坚持一年后再去登太白山，太白山登了三五个月后，再去登海拔四千米、五千米的山，然后向六千米和更高的高度发起冲击。

在这个过程中最重要的就是通过山了解自己是不是有耐心，在登山过程中随时随地都可能有突发事件发生，包括自己和团队，这个时候就需要做出理性的判断或者决定。

我第一次登珠峰就成功了，这是一件很幸运的事情。

扫描二维码收听
丈量意志的海拔（上）音频
看到最真实的自己（下）音频

攀登珠峰最难也是最险的第二台阶

珠峰的极端美学

登上珠峰的那一刻，我内心并没有什么特别的感受，没有分外的欣喜和欢愉，心中只想着我要安全回家，想要马上见到我的妻子和孩子，还有我的爸爸妈妈。

登山回来以后很长时间，我才对平常生活中的很多东西重新恢复了感知，每一次的朝阳升起夕阳西下、厨房里飘来的饭菜香味、和妻子儿子共进早餐、浴室里温暖的洗澡水、温柔的春风和绵绵的秋雨、鲜艳多姿的色彩和美景，都给我带来无限的快乐。

这时，珠峰的场景也会出现在我的脑海里，并透过温暖的阳光，在玻璃窗前，洒下一抹雪白和沙石世界的影子。

我又一次感受到了想要吞噬我的狂风、击打我的暴雪、快要被冻僵的四肢、帐篷里拥挤而散乱的狭小空间、越来越稀薄的空气和窒息感、大脑的眩晕和身体的疲惫不堪、潜藏的危险和与死神的较量、荒凉而单调的岩石和冰雪的世界，更可怕的是，那难以忍受的漫长的时间，以及不可名状的孤独。

在大本营以及整个登山过程中，很孤独，很枯燥，队友来自全国各地，大都不认识，一天二十四小时，五十多天，每天大家之间没什么话可说，团队之间互相也有竞争和比较，大家的交流也仅仅局限于技术性的东西和体力状态等，真正交流内心感受的并不多。

除了自然环境和危险对身体和意志的考验，最重要的是面对孤独的考验和克服内心的恐惧。

在这几个月里，在这个人迹罕至的世界里，我感受到了深深的隔绝和被遗弃感，没有朋友、家人的陪伴，没有商业上的事务，我似乎没有了身份，甚至存在感，我只属于自己。

一路慢慢攀爬，我能感受到自己每一步的行走、每一次心跳，以及自己急促的呼吸声。

每一步都是和自己灵魂的对话，每一个痛苦的边缘都是自己放弃的边缘，每行走一步就把一个想要逃脱和停止的念头战胜。

有时候，一个人发呆的时候，脑袋里就会胡思乱想，这里吃不好，身体又疲惫，这么苦，跑这儿来干什么？家里还有亲戚朋友哥们兄弟孩子，很多美好的事情吸引着我，想要回去的念头不断地在吸引我。

而在那种环境下，就更要想清楚自己到底来这儿干什么，花了那么多钱，已经受了这么多苦，放弃是最容易的，而我更想知道，那峰顶到底有什么样的风景，这些东西更加吸引着我。

所以爬珠峰不可怕，最重要的是找到内心的那种力量，内心的那股劲。

身处空旷的无人之地，我感觉到在山里学会孤独是一种能力，佛教上讲，这是一种内观。

生活中，很多时候我们都是独处的。孤独是我们与生俱来的困境，即使是最亲密的爱人，与我们也并不是处处相合，无论是物理空间上的陪伴，还是精神和灵魂上的相知。

始终，我们需要面对自己，自己的无助，自己的失落，自己的梦想，自己的追求。一个人的自我进化通常来源于有效的内省，而选择与热闹为伴，不仅是一种逃避，也缺失了一种内观自我的机会。

正如有句话所说，孤独是一个人的狂欢，狂欢是一群人的孤单。

后来我总结，不会享受孤独的人也不是一个完整和健全的人，如果有的人总是一个人呆不住，非要找几个人，热热闹闹的，其实他的内心是有恐惧的。

而这也涉及到我们如何与时间共处的问题。欢乐的时间总是让人感觉短暂，而痛苦时我们会感到时间无比漫长，有时候，我们需要体验一种极端的痛苦，这样，在我们日常看来的痛苦也变得不那么难以忍受。

所以登山过程中更多的是克服自身的原因，除了孤独，还要克服每天的环境和身体变化带来的心理压力。

身体是一个非常精密的仪器，在高海拔上，每上一个台阶，所体现出来的状态都不一样，所以每时每刻都要关注自身细微的变化，包括吃东西。

登完珠峰后，我慢慢静下心来，反思了很多问题，包括自己的人生、生命的价值以及自我的追求。

与死神搏斗过的人，大都会重新理解生命的价值和意义，选择一种向死而生的态度，过好当下的每时每刻。

我也如此，我开始更加热爱生命，更加珍惜当下，也重新思考我在绿蚂蚁中的价值，以及绿蚂蚁在整个社会中的价值。

随着登山和生活这两条线逐渐相交，我开始看清一些问题，登山和生活一样，也是一种修行，让自己的内心敞开。通过这种方式我悟到了生活中一些本质的东西。

生活中很多人都有自己的爱好，比如有人爱看书，有人喜欢做菜，有人喜欢绘画，通过每个视角都能领悟到生活的本真，我只不过是通过登山这种方式而已。

我曾看到有些读书人沉浸在文字所构筑的抽象世界里自得其乐，有人在做菜中找到了生活的味道，也有人通过绘画找到自我表达的方式，这些都是悟道的途径。

我认为，一个人怎样去打发生活中的闲暇时间，通过什么样的方式去利用时间，他最终就会有什么样的收获。

当然，与很多其他途径比起来，登山是一种痛苦而虐心的冒险。珠峰更是如此，它有着最陡峭的山脊和最险峻的峭壁，以及世界最高点最稀薄的空气。

通过登山，我最大的收获就是对于生活更加释然，不会为名利或者无关紧要的东西扰乱内心的平静。

我觉得痛苦来源于两个方面，一是特别执着的念想，二是经不起诱惑。对于一些事情执念太多，就会有求之不得的痛苦，很多人走不出来会很迷茫。当我回头总结生活，感悟生活时，我觉得人最根本的追求都是相同的，健康、开心、幸福、智慧，这些不是用钱能够买来的，是无价的。

在我看来，很多人之所以痛苦，就是因为没有智慧，对世界、生活、人生没有通透的理解，如果理解通透了就不会存在很多的迷茫和抱怨。

这一切的根基在于健康的身体，而健康的身体与真正的运动密切相关。

只有运动，身体才能打开；身体的细胞活跃了，人的大脑也就活跃了，拥有了智慧的头脑，做事情的判断力就会很强。拥有好的身体、愉悦的心情、敏锐智慧的头脑，人生的道路会自然而然地迈向成功，不需要依靠别人。

在公司里，大家都叫我蒲哥，看到我每天充满活力和激情的样子，大家会比较好奇，我说："我也有不开心的时候，每天会面对各种各样的问题，但是我的心态会越来越好，我相信所有的困难和问题都会慢慢解决，或者用时间或者用智慧。"

现实和珠峰属于两个世界。现实平常而琐碎，是普罗大众生活的试验场，珠峰则是登山爱好者所膜拜的高度。登山者是这两个世界的交集，只有登过山的人才能深刻体味其中的意义。

珠峰塑造了一种极端环境，营造了一种极端美学，将生命放入一种最具冒险性和不确定性的未知之中，在这种极端反差中，让平淡生活中潜藏的、压抑的、消失的东西重新凸显。

在极端的痛苦里不再麻痹，恢复对生活的新鲜感知，重新体味幸福的温度；在极端的生命境遇里，感知死亡的临近，思考人生的意义，追寻最有价值的航向。

在登山中，我经历了极苦，也才会感受和珍惜人间的极乐。

另一层面，现实和珠峰是相通的，生命的轨迹、生活的轨迹，从来不是平坦的路途，珠峰就是一场最极端的冒险，就像阅历丰富的老者遇到一些事情后通常会平静地说道：“我什么大风大浪没见过？”

就像海明威笔下那个钓鱼的老者，他在波澜壮阔中，与那条前所未有的大鱼和随之而来的鲨鱼搏斗，只为了满足自我内心的渴望，迎接人生中一次华丽的冒险，而后又恢复平常的生活。

我把人生比作心电图，那高高低低的起伏就像是珠峰的模样，曲折正是一种永恒的人生状态。

曾经沧海难为水，除却巫山不是云。有时候，极端才会带来心灵的宁静。

在攀登珠峰前，我已登上了另一座“珠峰”

在登珠峰前，我已经攀爬了另一座“珠峰”，这是一种委屈和考验，也是一种意志力的胜利。

因为攀登珠峰需要一笔不菲的费用，我交了25万，后来想找个赞助，这样既可以减少一部分费用，也可以帮提供赞助的企业做个宣传，把其品牌带到珠穆朗玛峰顶。

我特意做了个文案册，以“陕西信心 巅峰见证”为主题，并在上面写了登珠峰的意义，因为当时正值2008年经济危机之后，整个社会都处于一种低谷状态，我登珠峰也是希望传播一种积极向上的力量和价值观。

我觉得作为一个企业，应该在社会中起到引领作用，带给民众一些思考，而登珠峰这样的行为符合一些企业的产品特性、企业精神和文化。

经过考虑，我决定去找一家面向大众的消费品类企业。

写好文案后，来回折腾了好多次，有些企业工作人员对我爱搭不理，甚至连领导办公室都不让进，我在外一等就是两小时，说的是10点见面，结果等到12点多也没见到人。

一开始，我觉得挺委屈，也想过放弃：“我又不是交不起这个钱，最起码对我有点尊重，让我心里也舒服一点，不说别的，找个人敷衍我一下也行啊！”

后来又转念想想，这很正常，我脸皮厚。

经过多次内心的挣扎，最后一次，我拿着策划书来了，铆足了劲。

我告诉自己：“既然来了好多次，我为什么要自己就轻易放弃？不能走！不然之前那么多趟都白跑了。等了这么长时间，最起码给我一个说法，哪怕不赞助。”

这次，中午十二点多，领导来了，问道：“你谁啊？”

我赶忙说：“您好，领导。”

“哎呀，忙得很，你等会儿。”

“能不能最多给我五到十分钟时间，我知道您忙。”我赶紧说道。

“好吧，你说吧。”

“我要去登珠峰，因为我觉得陕西到现在还没有人登过，我想完成，这是我的梦想，也希望成为陕西的骄傲。”

“我知道了，但是我们的预算去年年底就结束了，我们可能没有这个预算。”

我强颜欢笑：“理解，一个公司的规划不是现在做的，早就做了。那个册子留给您，不管怎样，我想交个朋友，如果有工夫，您看一下，没有工夫，您就当个普通册子，愿意怎么处理就怎么处理。”

说完后，我迈出门，眼睛里的眼泪都快掉出来了，等来的结果就是三句话，心里特别委屈，后来我安慰自己，人一辈子会碰到太多这样的事了，你认为有价值，别人不这样认为。

回到家后，一两个小时我一句话也不想说，像吃了苍蝇一样，不知道该说啥，好歹我也是一个人，哪怕一句客套话、一杯茶，我的心里也会有一些安慰。没有，什么也没有，我特别灰心，闷闷不乐。

过了两个小时后，我想通了，不管别人赞不赞助，我都得做，有了就是锦上添花，没有也无所谓。

我记得特别清楚，那天是3月25日，下午四点多，那边的工作人员联系我：“蒲总，你过来一趟，领导说跟你聊聊。”

我一听，觉得可能有戏，车一开就去了。

领导说：“我们可以赞助你，但是只有5万块，其他20万给某报做广告宣传。”

我立即就答应了，特别高兴，像是绝望中的一次惊喜，情绪像是从珠穆朗玛峰的谷底一跃到了顶峰。

回来后我跟我们负责营销的一个员工说：”真棒，不错，我跟他们谈妥了赞助。”

“赞助多少？”

“五万，其他给某报做广告。”

“这还不够你的零头，要不不跟他们合作了？”

“我不是你这么想的，我觉得这是一场战役，我打赢了它，他赞助了我5万块，退一步讲，哪怕五块钱，在我心里我也赢了，跟钱多少没关系。”

3月29号出发去登珠峰之前，我信心满满，我觉得找赞助这件事与登珠峰相比一点都不小。我的自尊心很强，却受到了别人的漠视，心里感到很委屈，虽然不是让我背多大的包，花多大体力、精力，但是内心很纠结，像扭抹布，扭干了还在扭。

一般人认为登珠峰真正困难的是体力的消耗，我觉得除了体力之外，最主要的还是心理的承受力，你知道可能会死，但还要去，你知道每一步都特别难，但还要去登，这才是最大的挑战。

回过头来，我也能理解赞助商，登珠峰聚焦了许多媒体的眼球，找赞助没太大问题，但如果没有攀登成功或者有生命危险，就成了企业的负面信息，他们也有风险，但是，我的执着和一根筋最终打动了他们。

攀登心理上的珠峰和身体上的登珠峰一样，都是生命又一次被展开被锻打的体验。事实上，在一次沙漠探险中，也有着和登珠峰一样的曲折和痛苦。

1994年，我离开画廊，进入一段人生的低谷期。一个体委朋友的太太，因为以前当过翻译，所以认识一个奥地利布鲁洛的探险家。一次聊天过程中，得知这位探险家要做一个项目——人类第一次从东到西徒步穿越中国第三大沙漠巴丹吉林沙漠。

对方缺一个中国代表，而且一天还有一百块的补助，我算了一下，一个月就有3000块钱，对我来说，这也算是一笔救命钱。

最重要的是，在这个过程中，我体会到人生还有另一种活法。这次徒步历时27天左右，走了600公里，也是我人生中第一次接触户外。

整个队伍中有四五个德国人，三个中国人，一个翻译，五个牧民，牧民都是当地蒙古族人，不会说汉语，一个牧民管六头骆驼，总共有三十头骆驼。

我当时对户外没有概念，也没有专业的户外设备，去的时候穿着军鞋和牛仔裤。20世纪90年代初，即使普通的运动鞋也卖几百块一双，我买不起，于是就买了一双橡胶军鞋，穿上踩到沙子里，沙子钻进来，脚里头磨得厉害，结果脚上起了很多水泡。

一直在沙漠中行走，我穿的牛仔裤面料比较粗，大腿根部因为肉比较嫩，被磨得特别疼，当时二十三四岁的我也不知道怎么办，就一直坚持在队伍的后面行走着。

又累又渴又痛，我想停下来，但停下来就会脱离队伍，沙漠里最高的沙峰，平均海拔400—500米，我很怕自己一个人消失在茫茫的沙漠之中。

走到一个沙丘，我把膏药贴上，记得特别清楚，是很原始的麝香膏药，一大方块，如果腿上贴一块，就磨不着肉了，我心里想。

结果贴到大腿上才半个多小时，越烧越疼，因为大腿根部的皮肤已经损伤，贴上膏药后一烧，越磨越疼，于是我又把它揭掉了。

方方两块肉就这样被揭掉了，这下根本没法走了，那会儿真是年轻幼稚，腿部的伤口让我痛苦不堪，但又不能让大队伍觉得自己掉链子，我在想这事可怎么办。

沙漠里没有村子，想休息一下第二天再走也没有地方，那一刻没有退路。我也不好意思跟别人说，现在回忆起来，觉得那时候真是太愚昧了。

后来，因为来时带了很多创可贴，我就一个接一个，拼接成个大方块贴到伤口处，因为不能行走，我就骑骆驼。沙漠不是平的，坐在骆驼上，高一下低一下，五脏六腑都能感觉到疼痛，骑了20分钟，我就觉得不能继续骑了。

我说这样骑下去，命都没了，只能看着他们往前走。沙丘里没风，特别热，我跟着骆驼的脚印走得很慢，很痛苦，就那么熬了两天，伤才慢慢好了。最后导致大腿根部的皮肤，几年都没恢复正常肤色。

还有一次，沙尘暴来了。下午，从远处看，沙尘暴像卷起的乌云，黑黑一片，以前只在电影里看过，我还没回过神来，它们就已经靠近了，大家赶紧把帐篷搭上。

半个小时后，我的嘴里耳朵里都是沙子，锅碗瓢盆碰得到处都是，最后我们怕出事，所有人都趴下将帐篷压住，趴了将近一个小时，那一刻，我想，如果被沙尘埋在这里怎么办，觉得自己就要完蛋了。

第一次经历这样的沙尘暴，我当时就觉得，妈的，这是旅游吗？这是玩命啊！那一刻，我有了恐惧和害怕，也就有了抱怨。

经过这件事情，我开始重新审视一些东西。当时台湾《联合报》上登了这个消息，当我看到消息的那一刻，我觉得在那么艰苦和恶劣的环境中，那么长的路我都走下来了，之后走到人群中，自己仿佛高了一截。

后来我明白，那是内心的一份自信，我的内心从此更加坚定和强大了。也是因为这次旅程，让我知道了户外，也知道了原来人还可以这样活着。

在世界最大的东绒布冰川，每个帐篷都构成一个小小的家

那些珠峰式的朋友

我没有想到，就是在那次沙漠探险后，我将会与一个德国品牌赞助商产生如此多的交集并在日后被他的人生态度深深影响和触动。

这个人就是约格，德国人，1994年我去沙漠探险时，他作为德国探险队的品牌赞助商，为我们赞助了背包。

和他相识的多年里，我们成为了很好的朋友。

他年轻时是一个运动健将，曾获得欧洲的四届冠军，2005年他把品牌卖了，来中国发展，太太是香港人。

他将德国的一些品牌引进中国的同时，也把欧洲户外用品展引进到中国，此前跑过上海、宁波，后来得到南京市的支持，每年7月，在南京举办亚洲户外用品展。

现在，亚洲户外用品展已经成为中国乃至整个亚洲规模最大、影响力最深远的户外用品展览会，截至2016年已经举办了十一次，每年都会吸引数以万计的观众来参观。

我们曾一起玩，他还耐心地教我儿子滑雪，2015年1月份他过生日时，我们还聚过一次。

没想到，一个月之后，我从印度回国，便得知他去世的消息，于是将机票改签去香港，参加他的葬礼。

他是一个对工作特别投入的人，据他太太介绍，72岁的他，去世前五分钟还在工作。

他的太太对我说，面对父亲的离世，闺女和儿子很平静，觉得虽然父亲走了，但他一直在做自己喜欢的事情，追求他认为对的事，这样即使离开，也是幸福的。

就是这样一句话，让我开始重新思考如何面对死亡。

我觉得我的人生也该这样。中国的子女在面对父母过世时，大都痛哭流涕，好多时候，老人在世的时候子女对其漠不关心，过世之后却将丧宴办得很隆重，这是给别人看的，没有真正去关心老人的内心感受和追求。

我在朋友圈里写道，我特别敬重他，这才是人生高手。

不仅关乎儿女，对于自身而言，人也一定要不断追求，为自己不断去努力，这样才能在死亡时不给自己留痛苦，不给身边人留痛苦。

如何面对死亡，是我们一生都要做的功课，而死亡也是我们每个人最终要面对的终点，没有人能确定地知道，什么时候死神会降临。

而我们所能做的，就是提高自己的死亡意识和生命意识，知道自己有一天就会在这个世界上消失，理性地面对死亡，就不会再恐慌和挣扎，也才会更加认真地生活，把每一天都过得无比充实，为自己的生命留下痕迹，用行动昭示自己的存在感。

也曾有人问我："你每天坚持锻炼至于吗？把自己弄得累的。"

我说："我怕死。"

我觉得我的身体不是我的，所以我才要好好锻炼，不让身边的人担心，不拖累他们。

2002年认识的阿忠，是一个极限运动员，摩托车、快车都是他的兴趣所在。他创立了著名的户外品牌KAILAS（凯乐石），2013年不幸发生的一场事故导致他下半身瘫痪，他用了一年时间慢慢恢复。

2015年的一个星期，东北的松花湖，我曾陪阿忠滑雪。

每次滑雪都要把轮椅抬下来，还是坐着滑，但是他滑得特别自如，轮椅和他似乎融为一体，比普通人都滑得好。

他对我说："以前一天摔100跤不止，关键是摔了起不来，还得两个人扶。"尽管这样，他仍然坚持了下来，摔了又起来，起来又摔倒，然后又起来。

他对我产生了很大的影响，让我觉得，做事情就应该这样，一件大部分人都放弃的事，而且他又不用靠滑雪谋生，却能从哪里摔倒从哪里站起来，这才是真正的爷们。

我很受鼓舞，不禁感慨，这些人为什么能把企业做好，跟手脚有关系吗？跟精神有关系，跟力量有关系。

这么多年研究户外运动，让我对个人意志的力量越来越敬畏。

有一年我带了11个做了十几年中小企业的老板去登5300多米的半脊峰，他们之中没有一个人登过这么高的山。

我刚开始就告诉他们：“我知道你们一定能登上去。”

他们很是惊讶，问我：“你怎么知道我们能登上去？”

我说：“我一定知道，等你们登完再说。”

最后果真如我所说，除了一个因为高原反应退出外，其他10个人都登上去了。

后来我告诉他们：“最简单最核心的原因，是你们身上有一股劲，要不然你们做不到今天，当老板这么多年，有很多人干两年就不干了，稍微有点脾气，稍微有点外部原因，就直接放弃了。你们做企业十几年没放弃，身体的血液里流淌着不服输的劲。”

做企业有登山难吗？肯定比登山难得多。

山只会让你看到自己，它是一块试金石，验证你是否能把身体中所有的能量都发挥出来，丈量着你意志力的海拔高度。

阿忠就是这样一个珠峰式的人物，在商业上也是如此，让人心生敬畏。

他曾支持中国攀岩队的许多活动，还支持了很多环保活动，后来把凯乐石品牌的slogan改为“只为攀登”。

其寓意是，只为最伟大的探险，只为最艰难的攀登线路，只为最勇敢的人，凯乐石，只为攀登。

2004年，我陪王石攀登了华山，这是一次公益活动，华山方面给了王石一些宣传费，但他全部捐给了公益活动。2003年，我认识的两个朋友和王石一起登过珠峰。

他去登珠峰时，我就想，这么一个企业家去登山，这个人一定很有活力，但没有深入想企业家为什么要去不断挑战自己。

2006年他带了房地产领域的几个企业家一起爬太白山，也是我帮助安排的，做了一些向导和服务工作。

在整个登山过程中，他不紧不慢，一直保持着自己的节奏，而且很有涵养，特别谦卑。他在事业上已经很成功了，但没有一点儿架子，这是我感受特别深的。

2009年，我也登上了珠峰，在这过程中，我对王石的敬佩之心也越来越重。

谈起王石，我从不吝啬表达对他的钦佩和敬仰，“王石是一个很有涵养的人，一颗谦卑之心和财富地位无关，麦子熟了会低头，在王石身上表现得淋漓尽致。”

他在很多方面影响了中国的企业家。在企业家真正的精神和责任方面，王石都作了表率。

王石登山、航海，60多岁去美国游学，学英语，他不断地在人生路上给自己更多的挑战，很有挑战精神。

2004年在华山同他私下聊天时，我问起他下一步要干的事情，他说，他想去尝试一些水下的运动，现在他不仅玩帆船赛艇，也在滑单板。

宁高宁曾这样说："像王石这样敢张扬自己另一面的人不多，也正是因为他的勇气和坚定使他经历了大多数人一生永远也无法经历和感受的东西。记得王石每次登山回来，一见面还是那么谦和，笑眯眯的，好像什么也没发生过。我才意识到他每去一次，生命里又多了一些东西，王石在他的世界里其实已走得很远了。"

他也同时赞叹其生命的宽度和容量："一个人的生命可以分几段进行，也可以几段一起进行，一个人如果可以在几个层面上一起体验生命的滋味，那么他的生命就是多样的，浓缩的，是几个生命。"王石把几个层面的不同体验几乎都推到完美的极致，让我们知道生命的容量是可以扩展的。

经济学家张五常将王石这种精神称为"珠峰哲理"，经济学无法解释这种行为。

他就像是海明威在其名著《乞力马扎罗的雪》的开头所描述的海

海拔7790米的珠峰营地，帐篷只能斜立在峭壁上

豹：在非洲的一个很高的雪山顶上，当地的土人发现一只死去了的黑豹，那黑豹明知那雪山顶上没有食物可寻，为什么要跑上去呢？王石很有点像海明威笔下的黑豹。

张五常曾问他："为什么你要做这种傻事呢？"他回应："没有为什么，只是喜欢这样做。"

"没有为什么，只是喜欢这样做，一个人为了满足自己，会做一些没有任何回报，甚至没有外人欣赏的事。这是创作的本质，只要自己欣赏，要做，于愿已足，不需要任何来自外界的回报。王石攀登珠峰是一种创作吧。"张五常感慨。

金钱财富之外，每个人多多少少都是个创作者。

每个人的生命都是一次创作，我们愿意去做无人欣赏的事情，这是一种内心的呼唤，无关他人，无关世界，只关乎自身。

财经作家吴晓波曾说："你遇见什么样的人，就会成为什么样的人。"

我很感激生命中遇见这些伟大如珠峰式的朋友，让我心生敬畏，并不断受他们的影响而奋力向前。

喜马拉雅天梯

“有人花一生守护神明，另一些人则成为高山向导，接引攀登者往高处探寻，每年的冲顶期只有短短的几天，成为高山向导却要经历艰苦而漫长的四年。即将到来的登山季，西藏登山学校的几个少年，将有机会第一次触摸世界之巅。”

这是电影《喜马拉雅天梯》的开篇，片名来源于青藏高原岩壁上画着的那些白色小梯子，当地人称它们为“天梯”，并相信它们可以接引世人的灵魂通往圣地，而这些珠峰的引路少年们扮演的正是“天梯”的角色——有人将“8848”当成旅行的终点，但对他们而言，这只是起点与成年礼。

藏区牧民的孩子在西藏登山学校经过四年时间的培养成为高山向导，他们在每年仅有的几天登顶期到来前铺路、修保护绳、搭建从大本营到海拔8400米的所有营地、搬运物资和行李，给登山者专业协助，从而最大限度地保障登山客的安全，让他们不断突破自己，前往独自无法抵达的高处。

这也是个不为人知的职业，多少年来，高山向导们与登山家如影随形，为后者修路、背负给养和装备，最后成功将登山家护送上峰顶，然而当荣誉的光芒璀璨照耀之时，他们又像影子一样隐蔽不现。

这部电影则将他们从幕后送到台前，让人们意识到，在商业登山逐渐走进大众视野之后，人们往往把眼光聚焦到登顶珠峰者的光环上，而在这些光环的背后，还有着这样一群不被注视的少年。

而他们的命运更多地与商业登山联系在一起。

所谓商业登山，是指登山客户支付一笔费用给探险公司，由探险公司负责高山上的服务。一般而言，珠峰商业登山服务方提供向导的贴身服务、氧气、营地服务、适应训练、物资运输、危险线路的安全保障、医疗救助等，但不保证一定登顶。

客户之间更多地是自己顾自己，而不一定彼此协作。因为这种攀登方式，登山客户主要依赖探险公司的服务才能成功。

2013年5月29日，是人类登顶世界最高峰珠穆朗玛峰60周年。

1953年的这一天，英国登山队的新西兰人爱德蒙·希拉里和尼泊尔夏尔巴人丹增诺盖，代表人类第一次站在了世界最高点。如果从最早攀登珠峰的1921年算起的话，到2013年，人类与世界之巅的“亲密接触”，已经有了92年历史。

一部人类珠峰探险史，也是人类探索精神的缩影。人类登顶珠峰60年来，已有6300多人次登顶过珠峰，其中绝大多数是通过1993年以后开始的“商业登山”送上去的。

西藏登山学校创办之前，全球登顶珠峰成功的人数仅有400多人，有了这些专业的高山向导之后，这个数字攀升到6000人次以上，也让更多没有登顶的人离世界最高点更近一步，让山变得不那么遥远。

目前民间爱好者想要攀登珠峰，主要有两个途径：一是通过国外登山服务公司，从尼泊尔境内的南坡出发；二是经由北坡，这条线路目前只有西藏圣山探险公司有经营资质，管理人员和工作人员都来自西藏登山学校。

圣山探险公司是目前国内唯一能提供北坡登珠峰服务的机构，在中国登协看来，其他公司目前还不具备相应的能力。

西藏登山学校校长尼玛次仁认为：“民间登山产业的发展，包括西藏登山学校和圣山探险公司的成立，改变了两种人的命运：对于学员来说，从农牧区的普通年轻人变成登山向导、协作员，改善了经济状况；对于登山爱好者，则有了实现登顶世界高峰梦想的机会。”

通过商业登山，登珠峰早已不是专属于职业探险家的运动。随着更多业余爱好者的加入，登珠峰已形成一个巨大的产业链。“8848”不再是不可征服的代名词。登顶珠峰依然是冒险者的梦想，但已不再像20世纪初那样遥不可及。

正是通过商业登山，很多普通人才能够实现“世界最高峰之梦”。当然，这个梦很昂贵，商业登山面向的是业余爱好者，昂贵的花费会增加他们的安全系数。

人类首登珠峰之后的50年中，珠峰登顶的总死亡率是8.27%（据中新网），而21世纪之后，这一数字不断攀高：2001年14%、2003年12.7%、2006年11%——商业登珠峰规模化之后，安全问题更为凸显。

想要攀登的人太多，但珠峰只有一座，属于稀缺资源，提升价格是杠杆调节的一种方式。

攀登珠峰的总花费在30万以上，包括装备等，以至于有人认为攀登珠峰是属于有钱人的运动。

事实上，并不是有钱就能攀登珠峰，还须通过中国登山协会获得攀登8000米以上高峰的许可并通过体检，才有攀登珠峰的资格。

在这个星球最纯净的世界屋脊，有人丧命，有人成功登顶，这里隐藏着人类挑战自我的渴望，人类的勇气和伟大，同时也离不开金钱与物质的支持。

人们为什么要去登珠峰？我们又该如何看待商业登山？

我认为，中国式商业登山，不是商业的问题，恰恰是不够商业的问题。国内商业登山客户中的某些老板级、名人级人物，不是口袋里缺钱，而是人格里缺了点儿东西。

面对“登珠峰是有钱人的运动”这样的问题，作为登山爱好者和户外企业家的我，认同商业的美好和服务。

首先我们要认识商业到底是什么。

商业登山也是体验的一种方式，虽然失去了极限登山的专业化和职业化，但能让更多人体验到登山的乐趣和魅力，否则更多的人根本无法体验到这种感觉。

如果自己背东西，体力都用于运输物资，来回几趟便没了体力，时间只有两个月，必须抓住最好的时机。自然环境下，人太渺小，没法做这样的计划。风险很大，死亡率很高。

商业登山不是不好，关键在于如何管理和控制。

2009年之后，登山组织规定，要登珠峰，必须得有之前登海拔五千米、六千米、七千米、八千米山峰的经历，在这之前没有这个规定，只要交钱就可以来。由此可以看出，制度在逐渐完善。

没有商业，这个社会不会前进；没有商业，登山运动就不能在行业里面有更好的服务；如果没有服务，现在登上珠峰的人数超不过100人，都把精力时间花在后勤补给上，哪有体力登珠峰？同时也没有更好的安全保障。

谁登珠峰是为了死？商业登山给普通人、热爱挑战自我的人提供了更好的机会。我也不是专业运动员，不是靠登山吃饭的，但我是通过登山来理解生命和生活的。

当然，在这么大的社会群体里，不一定每个人都要去登珠峰，在自己的领域里，找到自己的喜好，不断钻研和深耕，这就是你的“珠峰”。

无论商业登山，还是极限登山，都是全新的体验。

在我国商业登山者的名单中，企业家是一个很重要的群体，而王石则是其中最典型的代表。

我觉得，说珠峰是贵族运动的人，这个人一定没爬过山。

对，他们是有钱，有钱的人没普通人的命值钱？为什么他们还要去找死？

有很多像王石一样有钱或者更有钱的人，为什么他们不去？我觉得这跟钱没关系，跟他本身敢于挑战、突破自我的精神和勇气有关系。

王石身价比我们高，年龄比我们大，还不断攀登，参与各个领域的运动，大部分人只看到外在的东西，没看到内在的东西。

虽然是商业登山，但登山者的身体里都流淌着敢于挑战自我，挑战人生新高度的血液，而这正是人类文明和社会发展的进步基因。

美国的探险家很多都是很成功的企业家，例如维珍航空的老板，是彻头彻尾的探险家，在航天等各个领域很厉害。

国外这些人，为什么要不断去挑战？我认为他们是真正地敬畏生命、尊重生命，让生命的无限可能性呈现出来，让更多人看到生命原来还可以这样，今天我们能上月球，上太空，就是人类不断超越自我的结果。

独品山中味

这些年的登山经历，让我对人性有了更多的感触，一山一世界，山似人生，对山的咀嚼和品味，让我的人生也通透了很多。

在登山中能够看见人性，在那种极限环境下，人是无法伪装的，因而人本性中的东西，比如贪婪、自私、善良或者无我，都将在自然环境中真实地展露无遗。

走着走着，人就空了，走得什么都没有了，走得就真的像个人了。

在登山中我看到有些人，只有一壶水还拿给大家喝；有些人有一个橘子，他独自吃了不舍得拿出来与大家分享；也有人有一个橘子，掰开分给同伴，俩人一人一半，这就是环境中人最真实的呈现。

绿蚂蚁高管人员的发掘也是如此。他们大都是在极限环境中无私无我、心中装着团队、时时刻刻照顾别人的人。

我们曾经和一个团队去登山，遇到一条大河过不去，这时，有的人喊："找个木头搭吧，不然怎么办？"喊了半天却不动手，有的人什么话也不说，赶快找来木头，也有的人哐当一声踩到水里："来，我扶着你。"

我认为，后两者正是适合带团队的人，心里装着其他人，在生活中也是值得信赖和托付的人。

平时他给你九千九百九十九朵玫瑰，如果一起登山，他就抱怨你："干嘛要登山，多么苦的事！"这样的人你怎么信任他？生活这座山跟登山一样，如果天天这样抱怨你，能把日子过好吗？

如果想要更深入了解一个人，就带他一起去旅行或者登山，在这个过程中，能够看出他人性中最真实的东西，一点假都做不了。

在城市里下点雨，他把衣服给你，腻腻歪歪的。如果在恶劣的自然环境中只有这一件衣服，看他给你还是不给你，自私的人就只管自己，人生怎能托付给这样的人？

公司也是一样，普通员工不说，但是真正的核心管理层就像结婚对象一样。如果山就是我们公司的目标，如果他认可这个目标就会任劳任怨，如果不认可就会抱怨，"有病呢，干嘛让我爬这么高的山，累死我了！"

高管的思想都不统一，这一路抱怨就是公司的障碍。

人们总是向往一路的风和日丽，而在山中遇到各种各样的境况，是再正常不过的事情。

老天爷忽然就刮风下雨，那你就不动了？要么上要么下，哪有时间后悔。后悔爬山就像后悔生下来一样，有用吗？

这不是我们能选择的，唯一能选择的就是，我来了，我去爬山，而且我坚持爬了。

在我看来，人生也是如此，生下来了，唯一的选择就是往前走，除了坚持，没有别的选择，也没有人能听你的，只有你的思想和意识听你的。

登山的痛苦也如生活中的各种问题，经营家庭、教育孩子、做项目，这些问题交给你了就去解决，去勇敢面对。

我们要向大自然学习智慧，去解决生活中的问题，这也是登山的意义。

公司员工也一样，看到他们离开，我起初很难受。有一次爬太白山时，阳光照耀下，两片叶子徐徐而落，特别美，我背着包，看得出了神，心想："这么美的景色，为什么会掉下来？"

春天发芽，夏天变绿，秋天掉落，一年四季，周而复始，自然规律，任何人都改变不了，只有人画出来或拍照才能定格下来，自然环境没有定格。

我后来想，这和企业员工流失的道理是一样啊，适合公司血液的，就会和我们一起成长，不适合的就走了，我们总想把他们留下来，这是自私和贪念。

走的时候我会和他们说两句，第一句，你是不是找到比绿蚂蚁更好的团队了？如果是，不管真假，没问题，人往高处走；第二句，如果你真的有一天认为外面困难更大，愿意回来，绿蚂蚁的大门一直为你敞开着。

这么一解决，前几年离职的员工回来了很多，原来想着外面很美，去了才知道怎么回事，就自己回来了，就这样，我把自己敞开了，给别人也留了更多路。

在登珠峰的过程中，我曾对一件事情感到气愤。

从珠峰下来时大家都很累，有个队员冲一个牧民小孩发怒，抱怨没给他供足氧气罐，他差点没命了。

我看不惯了，就狠狠地对他说："你认为你的命值钱，别人的命就不值钱吗？你来爬山是为了什么，想明白了吗？如果你想明白了，就不会说这种话。你今天有口气喘，得感谢这座山，让你有这样的体验。孩子连手脚都不顾，冒着冻伤截肢的危险，还要接受你的责备，你连一句感谢都没有，爬珠峰白爬了。"

他安全下来了，得感谢所有的人和事，他却抱怨自己差点要死了。

我说："第一，你死了吗？第二，我们每个人都要懂得感恩。二十多岁的藏族小孩，或许有做得不对的，但绝对不是故意的。有了他们在山上运送物资，才能让我们专注登山。"

我也曾被这些运输物资的小孩深深地感动过，虽然我外形上是一个大老爷们，是一个强壮的西北汉子，但我觉得流泪并不是一种软弱，眼泪和坚强不冲突。

第一，我觉得一个男人会流泪才是真正的男人，因为他打开自己的内心了，比如对社会的一些现象会心痛流泪，看到家人或者朋友受苦会流泪。第二，一个人只有拥有丰富的情感才会流泪，如果麻木地活着，对这个社会缺乏感知，就不会流泪。

我下山的时候被一个藏族小伙子深深地感动了。

一个山友在珠峰上去世，有一个藏族小伙子守着山友11个小时才下来，在大本营碰到他，冻得脸和手脚青紫，两个脚趾头都冻伤截肢了，穿的鞋上全部都是血。我特别感动。为了我们，这个年轻的生命，不顾伤残，默默承担了很多东西。

回来后，父母朋友爱人，也让我很感动，日常生活中碰不到这些场景，突然下山后，来自四面八方的朋友来迎接。我开始明白，原来生活不只是自己一个人。

经历这些事后，我的内心更柔软，更容易动情。

第一次看《绝命海拔》，看完后就哭了，回想起登珠峰的很多经历以及给我爱人打电话的场景，感觉到亲情是那么的伟大。

2008年，受地震和金融危机的影响，大家的生活似乎都有些沉重，但奥运圣火传递到珠峰的时候，我觉得我们需要一些振奋人心的消息，而且全球变暖等牛态和环境问题也越来越严峻，我想唤起更多人保护环境的意识。

“7+2+1”的想法就是从那个时候起在我脑子里生根的，去攀登7大洲最高峰和徒步穿越南北极点，1代表我们只有一个地球。同时，我也开始为自己的计划进行艰苦的训练和准备。

在我为“7+2+1”探险活动专门印制的宣传册扉页上，写着这样一句话：因为山在那边，我们行走着。

目前，七大洲最高峰我都登完了，南北极点还没有去，徒步南极要花将近100万，我也逐渐想明白一个问题：“我为什么着急要三四年把它登完呢？”

如果着急，爱好兴趣这几年全部完成了，心里就没有惦记了，没有奋斗和努力的方向了，人就容易迷失，这个事情就像好吃的东西不要一口就吃完，要慢慢品，享受这个过程，吃只是满足了身体的某种需求，而品则是另外一种境界。

我选择给自己留一些念想和目标，今年达不到，就会想办法努力一点，我不希望把爱好的事情一口气干完，要享受这个过程，将这个过程延长。

去年年底，我开始在想，2016年开始，我要给自己设定一个目标，我觉得人一定要有目标，不然对自己就会松懈和怠慢。

2016年，我给自己设定的目标是世界第八高峰玛纳斯鲁峰，有了目标，我在日常训练的时候对自己的要求就会提高，每次最少进行一个半到两个小时的训练。

没确定登山的时候，因为每个人都有惰性，比如跑步锻炼，跑几公里就不跑了，遇到朋友聚会等诱惑，就很容易放弃。这很正常，关键在于如何抵抗诱惑，明确了自己的目标，就会对自己的

在八级强风的珠穆朗玛峰峰顶上

要求更加严格，朝着目标走。

我认为，每隔一段时间给自己设定一个目标，这是非常重要的，人生就像过山车，一段时间给自己一个高峰，一段时间让自己落下来，不断上上下下，才能证明我们的生命是有活力的，就像心电图一样，一根平线说明生命已经终止，上上下下，才说明生命力非常旺盛，人生和心电图是一模一样的。

这也是我选择不断攀登和挑战自我的原因，我只跟自己比，跟过去的自己比，只要我在不断攀登，不断有新的目标，我就很幸福，很满足。

如今，登山对于我就像吃饭一样自然而然，而且这是我热爱的事情。

扫描二维码收听
蒲伟“大山为伴 不为高度”演讲音频

绿蚂蚁

目前为止，我一共干过四份工作（一）

2001年，当我自己的事业——“绿蚂蚁”在大雁塔开第一家店时，我不知道自己会干多久，但心中有一个念头，自己不会轻易放弃。

从小就喜欢画画的我，把生活中的一切都作为画布，我会在肥皂上刻上一把枪，梦想着以后当个艺术家。

1986年，我从新疆的一个矿区里考到了北京，本打算报特种工艺专业学雕塑，结果因为名额被换，阴差阳错地上了服装设计专业。

“80年代，从新疆能考到内地就不错了，你就上吧，先上再说。”我听了爸爸的话去上学。

大学四年里，因为不喜欢学习服装设计专业，就没好好学习，一个班十几个人，因为氛围宽松，我就在教室拦出一块地方，像自己的小画室一样，除了运动和玩，每天就在这里画画。

那时的观念里，教育就是上学，然后找工作，这是唯一的出路。我也一样，打算出来后找一个省级画院去工作，当个画家。

四年时间过去了，在服装设计专业没有学到太多东西，但是在相对轻松的创作环境里，我知道了一个人要不断地有创新力和创造力。经过大学自由思想的熏陶，我在思想上也逐渐独立。

1990年毕业后，已在北京这个经济文化大都市浸染了四年的我，不想回老家，坚决要留在北京，我要在这里画画。

但是那个时候，买饭都要用粮票，要有粮食关系。毕业后，我的户口和档案被用一个信封寄回到家乡乌鲁木齐一家服装设计公司。

我的父母很着急，老一辈觉得档案关系很重要。为了安抚他们，毕业后我回了一趟家，去办我的关系。

我当时就想，人很大程度上被户口档案这些东西所制约和束缚。最后我想通了，就是有饭吃嘛，如果真有本事，能挣到钱，有饭吃，这些都不是事。

我给单位撒了一个谎，说我的胳膊摔伤了，工作不了了。

之后，我就离开了家乡。

来到北京，我在北京音乐厅的画廊找了一份工作，就在中南海旁边，是当时北京最红火的画廊，选择这份工作也是为了追求我当艺术家的梦想，因为这样可以和很多艺术家打交道。

在音乐厅画廊，我做的就是现在所谓的策展工作，挂画、裱框字、做展览，像方力钧、夏小万等很多著名的艺术家，我都给他们做过展览。

除了画家，我还接触到了很多艺术界的人，管虎、崔健、轮回乐队的原主唱吴彤，还有从沈阳过来考北京电影学院的金巧巧等，我都打过交道。

那时候相对封闭，文艺界氛围不像现在这般开放，音乐、前卫艺术都在地下搞。我画画，你搞音乐、作曲、写诗，艺术家很多，大家经常聚在一起搞个Party。

那时的我，留着一头长发，穿宽松的牛仔裤，皮肤还没有现在这样黝黑，体型也没有现在壮硕，有种青涩的文艺气息，我将自己也视为艺术家的一份子，虽然有点边缘，但依旧有自己的画家梦。

那时候，也没有想太多，总觉得人冥冥之中要做自己喜欢做的事情。回过头来想，如果当时回乌鲁木齐，一个月220块的工资，单位还给分房子，在20世纪90年代，这条件已经非常好了。

在北京干活，一没户口，二没房子，在画廊起初一个月也只有90块钱，但我就是不想回去。

那时候的生活就是，每天只吃一两碗朝鲜冷面，像皮筋一样咬不断，到现在想起来头都大，除非有朋友请吃饭，可以蹭一顿改善一下生活。

刚开始，我在长城饭店后面一个村里租了个房子，60块钱一个月，从这里到画廊要骑近两个小时的车，每天来回三个半到四小时的车程。

我的自行车，就两个轱辘，一个脚踏子，除了这，没有别的。

我记得最清楚的是有一次，北京管自行车，人家直接把我拦住，查我的自行车证还要罚款。

我说："我把自行车给你好了。"

他一看，就两个轱辘，看我也挺落魄的，就说："走吧走吧。"

画廊早上9点开门，我一般7点骑车出门，晚上9点半到10点结束，回到租住的房子一般都快凌晨了，每天筋疲力尽，根本没有时间画画。

就这样坚持了不到一年。后来实在不行，我索性就在画廊里睡，买了一张弹簧床，弄了一床被子，晚上在墙角拉开就睡，天一亮就赶紧收起来。

30米的走廊，我一个人睡，一睡就是三年，现在想起来都觉得害怕，一个人在里面，安静地几乎只能听到自己的心跳声。

当时画廊只有我和老板两个人，老板经常在外面跑业务，我负责音乐厅画廊的布置工作，四年的时间里，虽然很辛苦，但我没有放弃，以至于很多画家以为我就是老板。

1994年，因为耳朵里容不下一些是非，性格耿直的我提出了辞职。

我觉得很委屈，不管怎么样，吃没有，住没有，什么都没有，卖画我也没要过提成，当听到不信任我的话语时，我就直接跟老板说，辞职不干了。

这些年里，工资从刚开始的90块，逐步增加到150块、200块，走的时候我也没钱。朋友给我出了个主意："直接问他要钱啊，你还要生活，没有功劳，也有苦劳。"

老板最后答应给我1万块钱，扣掉给我买BB机的1800，最后给了8000多块钱。

拿着这些钱，我就旅行去了，去了四川的九寨沟、黄龙玩。

再次回到北京之后，没有了工作，我就专心画画，期间也想找点事做，有朋友说让我给别人设计服装，但我不干。

当时，我内心最看不起商人，甚至连跟商人一起吃饭都不愿意，觉得自己是艺术家，多么清高。现在想想，太幼稚了。

机缘巧合，我有个去沙漠探险的机会，一天100块，还可以玩，于是就去了，包括卖我的画以及拍的照片被报纸选登，前前后后赚了6000多块钱。

这次沙漠之行，我认识了日后绿蚂蚁的第一个供货商周志，他属于中国最早开户外店的一批人。

我觉得这世界有很多因缘，说起来也巧，去沙漠时我们没睡袋，其中一个朋友在他这里买过睡袋，后来我们联系到他，仓库就在家属院，屋里一大堆，我们买了五条。就这样，我认识了他。

当然生活还是最现实的，基本的衣食住行都需要费用，一心想作艺术家的我逐渐想明白了一个问题：这世界上，即使画画得再好，生活过不去，也不是一个好的梵高。命都没了，何谈用生命去创造所谓的艺术价值，我觉得这样的艺术家也不是一个好的艺术家。

那时候，我就想，连饭都吃不起，更谈不上能创作出好的作品。饥肠辘辘，能把思想集中到画画上？一定要先集中在肚子上。不要违背人性的东西，不吃饭可以画画，那是扯淡。

1994年、1995年北京刚出现霓虹灯广告，现在这种广告一平米二十几块钱，但那时候一平米几千块，为了生活，我注册了一个公司叫“点墨”，开始做一些霓虹灯广告设计工作赚钱。

只要给钱，我就干。刚开始做霓虹灯广告时，还有其他广告公司竞争，我稍微领先一点，到北京电影学院学习3D Max设计，那时候，大家的文案是手写的，效果图是手绘的，电脑打字和绘图设计成本高，但是工整好看。

1995年时，我遇到一个很大的工程，没有电脑，我就去网吧的电脑上做设计图，再到复印部把整个设计方案打印出来，最终没有广告公司能竞争过我。就是这个工程，我赚了近二十万，在当时已经是一笔不错的收入。

那时候但凡有点投资意识，就会买房。那时候北京的房价也才一两千一平米，200平米也就40万，现在房子每平米都七八万了。

不过人生后悔哪有用？那个年龄，无法掌控这些。钱来得太容易，就容易被钱坑。

一直到1998年，我做生意能赚点钱，也没人管，一人吃饱，全家不饿，我对这样的生活越来越感到恐惧。

我其实一直没有睡懒觉的习惯，在画廊三年里，公共场所，我都会很早起来。突然，一个早晨我赖床了，心想，反正也没有人管我，就这样躺下去，三年不开张，开张活三年，无所事事，生活没有了斗志，长期这样下去，人就完了。

我感到了一种人生危机，人呆着有钱了，就容易颓废，就没有劲头了。这种劲跟你有多少钱没关系，跟人的精神状态有关系，那是一股向上的力量。

工作完了，晚上我会与朋友约饭泡吧，北京外企多，我也认识了很多外企员工，他们一个月可以拿到五六千，我觉得他们的生活过得很充实，虽然公司不是他们的，但除了上班外，其他时间都是自己的。

自己虽然没有被严格束缚，但心是空的，这四年打拼的时间，我一直在赚钱，理想和事业心却一点点破碎和迷失。

一种想要对现状做出改变的想法越来越强烈，睡觉的时候我在想，我才二十七八岁，这样下去，好像人生也就这样了。不行，我要像他们一样找工作，一个月即使只有五六千元，但日子过得充实。

2006年新装修门面的小雁塔店

面料
IT'S
GREAT
Guaran
ed To Kee
You Dry
GORE-TEX

目前为止，我一共干过四份工作（二）

因为外企对语言有要求，在新疆长大的我不会说英语，就只能找别的工作。

那段时间，我每天很早就去买一份《北京青年报》，在上面看招聘信息，有一天，忽然看到一个专门做职业女装的服装公司招聘7个区域的销售，没有当过销售的我就决定去应聘了。

当时我心里想，我肯定不当销售员，要做就做销售经理，不过我的简历上都是画廊、设计、画画方面的工作经验。

我把简历递上去，一个老总坐在中间，两个副总坐在两边，眼睛直直地看着我，说道："你没做过销售，你的这些工作经历跟销售没关系。"

我胸有成竹地说："我认为我一直在做销售，之前在画廊是说服别人买画，做设计时是把我的思想变成图纸说服甲方掏钱购买，我认为这是一个买卖关系、销售关系，内在都是相通的。"

就是这一句话，老板觉得我说得有道理，认为我可以做销售。当时可供选择的两个区域销售经理职位，一个在西安，一个在武汉。我毫不犹豫地选择了来西安，因为我家在西北，武汉在南方。

那是1998年的8月21日，西安的天气特别燥热，像火烤一般，犹如我第一次来西安时一样。

第一次来西安是1991年7月，一下火车我就在火车站附近找了个招待所住，然后去陕北的延安、绥德、子长写生。

如果说之前只是一次旅行，那么这次，我将在这里开始一份新的工作，对我来说，西安是一个陌生的城市，举目无亲，我也不知道在这里将会发生什么样的故事，遇见什么样的人，只有天气的燥热让我感到一丝丝熟悉。

当时西安有五六家大商场，民生、开元、金花、百盛、小寨国贸都有服装店，截至2001年，我将西安的销售业绩从倒数几名提升到各城市前三名之列。

其实老总没有把好的省份交给我，他们怕我没有经验，给公司造成损失。第一年我就做到了前五名，后来好的时候第一第二名都做到过，我觉得这跟我不认输的劲有关系。

因为没有亲戚朋友，我几乎把所有的时间都用在工作上，倔强和好胜心驱使着我，每天把要做的工作列到日程表上，奔波于几个店之间，完成后打勾，没有完成打叉，第二天继续完成。

那时候，我基本上每天熬到深夜十一二点才睡觉。我去寻店，然后将各商场存在的问题带回来，自己整理完后，思考着第二天怎么解决，跟商场和员工怎么沟通。

在管理上，我有点完美主义，且事无巨细，学过美工和美术的我，遇到店里的广告牌有点问题，也要及时与员工沟通修改。

就是在这个过程中，之前从来没有在五个人以上的公司工作过的我，学会了与员工、商场打交道，也正式进入到零售管理的行业。

也是来到西安后，我认识了我的妻子——张静。

因为公司办事处在边家村，一天晚上，我没事也没朋友，就一个人去西北大学旁边的小酒吧喝点酒。

当时她还在上大二，在酒吧打工，一聊，我们都学设计，这么一来二往就认识了。

在与商场打交道期间，我也经历了一些不开心的事情。

做商场工作很累，都是杂七杂八的事情。因为商场当时是强势的一方，与品牌关系不对等，我又不愿意下话，加之有时候也要看楼层经理的眼色，我受不了这个气，内心总是有种被压制住的感觉，觉得不能再这样下去了。

那时候年轻气盛，我有时候想去登太白山，但去山里，领导也会管，生活受到很大制约，我心想我非要干一件不看人脸色的事情，我一定要干一件我能够掌控的事情。

这几年也赚了一点钱，有了一定的积累，我想干点自己喜欢的事情。

从1999年我就开始想过开户外店，期间也跟买睡袋时认识的周志谈过，他当时开的店叫北京桑温特户外用品店，因为手里资金不够，开店这件事耽搁了近两年。

2001年上半年，因为与商场的一些矛盾的爆发，我决定自己开一家户外店，到底选择北京还是西安，我也仔细做了思考：自己手头可以拿出50万，在北京来说资金有点少；而我在西安呆了几年，有很多朋友、关系和人脉，环境也很熟，至少成功机率大一点。

此外，在这几年工作中，我学会了零售管理的一些东西。我在北京的很多社会关系都断了，要做等于从零开始。

我慢慢想明白了，在哪做不重要，只要能够做好就行，是金子在哪里都会发光，于是决定留在西安。

2001年7月，“绿蚂蚁”在朱雀路和友谊路十字的小雁塔店正式开业，从选址、装修到进货、开业，一共用了22天。

为何会有如此快的速度？选好址之后，我就留了钱开始装修，接着去了趟北京，跟周志交流后，就直接给了20万让他配货。

当时周志都觉得奇怪，虽然我们认识，但是也不至于连货也不看，直接打钱吧？

我说不看货了，你给我配就完了，刚入行，不得交学费吗？

现在好多人说不会做生意，其实我也不懂，我就知道信任，而且别人挣钱是应该的，让别人不挣你的钱，这是自私的行为。

也正因为如此，减少了点货、看货、拿货时间，直接配送到位，第一家店很快就能够开业。

在我看来，当给予朋友非常高的信任时，朋友反而更加值得信任，不会做坑蒙拐骗的事，就算被蒙了，对方也会内心愧疚，自己则内心坦荡。

取名“绿蚂蚁”之前，我和太太也想了好多名字，“第七天”“冰峰”“雪山”等等。

我和爱人张静一个个琢磨，觉得这些名字太大。“冰峰”直接给人造成一种距离感，我们虽然是专业户外店，但是想让普通消费者来经历，慢慢接受这样的户外理念。

也是1994年在沙漠里，我在德国人身上学到了绿色环保的理念，当时沙漠里好多易拉罐以及塑料垃圾，他们都一个个带回来。

我还问过他们为什么要带回来，他们说表面上是扔在中国，扔得多了，有一天也有可能漂到德国，我很是感慨。他们把地球称为地球村，从那以后，我就开始注意环保的问题。绿蚂蚁的“绿”，就是注重绿色环保的意思，同时绿色也意味着青春和活力。

蚂蚁是唯一能托起超过它体重很多倍的生物，有一种积极向上的力量，人类在地球和自然环境中也是如此，渺小如蝼蚁，却也充满力量。同时，蚂蚁象征着团队和凝聚力。

绿蚂蚁中性，不偏于某个特定领域，不仅形象，象征意义也挺好，于是我们就选择了这个名称。

绿蚂蚁的logo是太阳、山以及背包的人在行走，充满力量感。也是在绿蚂蚁的精神感召下，我一做就是十多年，将登山的兴趣和自己的事业结合起来，一路行走，一路攀登。

回过头来看自己走过的路途，我总结说，从1990年毕业进入社会到现在近30年，我一共换了四个工作：1990年到1994年在画廊工作；1994到1998年，自己在社会上闯荡打拼，做广告设计；1998年到2001年，做服装销售，主要与服装商场打交道；现在就是做绿蚂蚁。个人能力得到提升的同时，每段经历都给了我很多启发。

绿蚂蚁15岁了

2001年8月22日，朱雀大街和友谊西路十字西南角，80平米的一个小店里，绿蚂蚁第一家店——小雁塔店开业了。

没有多么炫丽的设计和装饰，黄色背景的门头上，仅有“绿蚂蚁野外用品专卖”几个黑色大字。旁边的专业户外运动者正在攀登的形象以及画布上的“徒步”“野营”“漂流”几个大字才会引起路人的惊诧和好奇。

户外在当时并不是一个被大众所了解和熟知的领域，这家店也是当时西安首家经营登山装备、旅行用品、野营用品、攀岩、滑雪、探险等户外活动用品的专业户外店。

之后，绿蚂蚁一直没有停歇，店面越来越多，设计、装修也越来越专业和富有特色。

2002年4月，西北首家OUTLETS户外店登陆西安。

2006年8月，绿蚂蚁旗舰店盛大开业。

2008年12月，绿蚂蚁北郊店盛大开业。

2009年12月，绿蚂蚁品牌概念店和体育场店开业。

2014年5月，小雁塔店全新升级为Arc’teryx形象店。

2014年10月，品牌概念店全新升级。

2015年, 北郊店Arc’teryx形象店华丽亮相。

……

不知不觉，绿蚂蚁已经成立十五载，从第一家店到后来的十多家店，从80平米到3000多平米；我也陪着它一起成长，从人生最年富力强的三十而立到如今过了四十不惑，我的整个人生与它紧紧联系在一起，这种感觉，随着时间的沉淀，更加让人难忘。

我知道，我未来的人生还会和它紧紧联系在一起，这是我毕生为之奋斗的事业，也是我始终未变的浓烈兴趣所在。

只是，刚开始，那种感觉并未像现在这般强烈。

正是从2001年经营绿蚂蚁开始，我有了更多的时间从事自己喜欢的登山、穿越、徒步活动，那种自由和放松的状态，让我非常享受。

同时，我带领更多人一起去登山，他们回来后觉得装备不行，就会找到绿蚂蚁来买。

组织的户外活动多了，我便有了成立一个户外俱乐部的想法，希望让更多的人加入进来，体验户外生活带来的开心和健康。我一直坚信，没有健康的身体，就支撑不了梦想和理想。同时，俱乐部活动也会给绿蚂蚁带来忠实的用户群体。

2001年，绿蚂蚁户外俱乐部成立，不断带动更多的人走出室内，拥抱户外，拥抱自然，感受身心的快乐和阳光。

这样的生活持续了四年，2005年的时候，绿蚂蚁已经开了四家店，营业额不断增长，这时的我并没有从中感到快乐，而是陷入了一种痛苦的境地中，有点萎靡不振，甚至有一段时间想过放弃，不干了。

每天很多琐碎的事，顾客投诉、缺货断货、员工管理等问题不断出现，很多问题没想通，就觉得问题很大。

现在看来这些都很正常，卖得好一点的就断货，卖不出去的就存货，我发现十五年了这个问题也没有解决，这是个问题，也不是问题，只有去面对。

除了店面的事情外，我一直在思考自己到底为什么闷闷不乐。也是在低谷期，我开始冷静地思考，自己到底为什么开绿蚂蚁。

2001年开店时，我也没有想太多到底为什么，可能只是为了赚钱，干了四五年之后，这个问题就更加重要了。

从2005年开始，半年的时间里，我翻来覆去地想这个问题，自己到底要什么？我为什么不开心？

这些问题也是让我感到最有价值的问题。一辈子只知赚钱，只关注营业额，但是我到底要什么我却没考虑。回过头来，我要想清楚我要追求什么。

我去登山的时候很开心自在，当初成立绿蚂蚁，也是为了“以贩养吸”，而现在不断“贩”，却没有快乐，相当于“贩了没吸”，我不知道这样的状态还能持续多久。

正好那段时间因为事务繁忙我没有时间去登山，在金钱和琐事中迷困的我，开始重新观照自己的内心世界。我终于明白，虽然绿蚂蚁给我带来了财富，但我还是要去干自己内心真正想做的事情。

2005年之后，我又开始登山了，也是从那时候开始，我每年都要出去登山旅行，给自己制定登山计划和健身计划。有了明确的目标，我身上的那股劲又来了。

也有很多人问我：“您开了那么多家店，业务那么繁忙，为什么还要去爬山呢？”

我回答说：“如果以后不爬山，绿蚂蚁也没有存在价值了。”

我一直觉得山具有一股神奇的能量，在爬山的过程中我能够感受到一种特别的力量，这种力量会给我的生命带来更多的自信，无论是身体还是心灵，都像重生了一次。

我贪恋这种感觉，也希望通过我的行为带动和影响更多的人。

正是这种对自然的亲近与敬畏，才赋予了户外运动与众不同的特性，它更多的是一种精神理念的传递，也是一种只有亲身体验过才会有的感觉。

到现在为止，我仍然觉得如此，我不断地去登山，这是对的。绿蚂蚁的logo——勇敢攀登者的形象正是绿蚂蚁区别于其他户外店的精神内核所在，它不仅是一种符号，更是一种行动。

绿蚂蚁的独特之处，就在于它的老板是一个登山家。

而这几年我也发现，越来越多的企业家和创业者本身就是一个企业和大众沟通的重要渠道，他们用自身的智慧、创新、专业性、公益心等成为大众欣赏和崇敬的楷模，正如王石之于万科、马云之于阿里巴巴、刘强东之于京东。

也是在登山的过程中，我逐渐学会了放手，学会了给员工以更多的信任和更高的平台。

2009年之前，我做事情很急燥，总是没有安全感，觉得很多事情只有自己才能做，害怕公司没了，害怕很多东西。有时候甚至会发脾气，批评员工。

山把我磨炼成另一个人，让我懂得留更大的空间让更多的人做事情，用更多的信任让他们做事情。

他们去负责店面的运营和管理，我则有更多的时间去思考企业的发展方向、战略等宏观问题，而不是陷入到具体的经营事务中。

当我从具体的事务中抽身而出时，才得以做了更多自己内心想干的事情：发起了“净水鸟”环保公益活动，定期捡拾太白山的垃圾，保护西安的水源地；发起了中国户外运动高峰论坛，该论坛现已成为中国户外运动最具影响力的论坛；发起了城墙跑活动，让西安跑起来；策划并发起了中国秦岭50km超级越野跑赛事，该赛事已经成为国内最经典的山地越野跑赛事；发起了“活力长安、发现古都”城市定向赛，一个古老的城市也有了它的运动名片……

同时，绿蚂蚁在发展过程中也面临各种各样的问题，陷入过一些坑，犯过一些错误，也正是在这些经历中吃一堑长一智，不断总结经验，更加坚定了自己的步伐。

近些年，摆在我们面前的最明显的问题就是互联网销售对实体店的冲击。

在我看来，过去开的户外店，在现在来说就是传统企业，开店就是把别人的货拿来，倒卖给市场，也就是我们的顾客，干的是所谓的“二道贩”生意。

事实上，竞争无处不在，无时不在，并不是有了互联网才有了竞争。

十年前，大家都在讨论张三家打八折，突然李四家打七折，我们都骂打六五折的不是人，最后还有五折的。互联网来了，直接抄底。最后大家都在骂互联网，结果关门的关门，转让的转让。

我后来想，这些跟互联网有什么关系，没有互联网，明天还有这个网、那个网。

互联网带给我们最大的改变，是如何用我们的爱，专注于我们的行业，用工匠精神将其做专做精，提供给顾客这个行业的真正核心价值。

绿蚂蚁成立十五年了，我一直在思考它的核心竞争力到底是什么。这十五年来，我也在一点点总结，是店面和资金，还是员工和货品？我认为都不是。

店铺大，别的人直接过来开个比你更大的；员工多，有钱的人可以雇佣更多员工。在我看来，最重要的是给顾客带来切身的利益，给他们带来快乐和健康，这样他们才会信任一个品牌。

所以，绿蚂蚁的核心价值就是我们所倡导和引领的积极乐观的生活态度，因此，绿蚂蚁不断创造这样的环境，让大家体验并加入进来。

后来我问我们的员工，绿蚂蚁到底在卖什么，起初很多人也回答不上来，后来我会跟他们说，我们在卖一种积极阳光的生活态度，一种体验，热情、激情、健康是每个人都需要的。随着员工越来越多地参与户外体验，大家慢慢都理解了。

2001年第一家绿蚂蚁野外用品店成立

绿蚂蚁的经营之道

做企业和爬山一样，都是一种修行。

爬过山之后，我开始明白，越苦的时候就是重生和蜕变的时候；做企业也是如此，面对一个个困难，激发了我解决问题的力量和能量。

有时候，我甚至会觉得，做企业比爬山难多了，爬山更多地是对身体和意志力的考验，走一步再走一步就好了，而做企业，则需要解决更多的难题，资金、人力、资源等等。

绿蚂蚁成立这十五年来，我不断遇到各种各样的问题和困难，比如用户从哪里来，如何说服他们离开酒桌和室内走向户外，怎么维持用户，如何提高企业的业绩，如何管理员工，如何带领一家企业更好地成长……

同时，整个户外行业线下零售在2008年到2009年做到了顶峰，2010年开始走下坡路，遇到了电子商务的冲击，互联网上更便宜的货品让很多仅靠卖货的户外店走向关店的尴尬境地。

就整个西安户外市场而言，从2001年开始，西安陆续有绿蚂蚁、雪鸟、北方狼、自由人户外用品、OCA野外休闲用品、针叶林山友社、郎森户外、川岳户外、高山兄弟等将近20家大大小小的户外用品店。

到2011年已关闭的有北方狼户外用品专卖店、冈仁波钦野营用品、旅行家户外用品专卖店、绿虎户外用品、西安长征户外用品店、自由人户外用品、高山兄弟户外用品、川岳户外、高山兄弟等。

尤其是近几年，我耳边越来越多的声音是关于互联网，关于电子商务的。

也是在解决这样一个个具体问题和困难的过程中，我逐渐摸索到了一些运营经验，尤其是面对互联网的冲击，让我更加明确了绿蚂蚁的核心价值和未来的发展方向。

说到经验，开店初期没人教过我怎么去经营，都是靠着自己在摸索，遇到问题就解决问题，边做边学习，压力特别大。

2006年时，经过五年发展，绿蚂蚁已经从一家小户外店发展到经营着三家直营店、七家加盟店，总面积达到1400平米以上的连锁户外店，在2006中国户外零售商论坛上，我分享了自己运营绿蚂蚁的几点认识。

初期：明确定位、组织俱乐部活动

对于绿蚂蚁而言，从成立开始就明确了自己的定位，要区别于其他休闲或者体育用品店，强调产品的安全性和功能性，定位是中高端客户，形成自己的用户群体，并且通过组织俱乐部活动发展新的用户。

在每次俱乐部活动中，都有30%-40%的新的户外爱好者参加，这些都是零售店需要关注和关心的新的用户群体，这是市场扩大的依据。所以俱乐部最初把活动定位在初级活动内容上是正确和明智的，有助于吸引更多的人参与。

中期：树立品牌形象

在户外品牌进驻西安之前，西安的户外商品主要以外贸和工厂货为主，这些产品没有质量保障、没有售后服务，绿蚂蚁意识到这些问题之后，积极与品牌商合作，改变户外店印象，树立专业形象，引导顾客消费，并开始引进知名品牌。

当然，这时从经济和心理上都会承受巨大的压力，因为投入的资金是当初的2-3倍，而市场是否能够接受高价位的产品还不可知。

俗话说“风险越大，收益也越大”，事实证明当初绿蚂蚁的这条路是正确的，而且户外店要想规模化经营，加大投资也是必经之路。

户外店缺乏专业的经营者和成熟的消费者

虽然大家都希望能够有忠实的顾客，但从目前户外店的发展来看，制约户外店发展的主要因素就是缺乏专业的经营者和成熟的消费者。

这两者是相互关联和制约的，只有有了专业的、对自己定位明确的经营者，才能正确地引导消费，这样才能培养出成熟的消费者来。

而对于户外店的运作，我认为，户外用品同样是商品，应该用商业的运行规则去运行。目前户外店惯行的进店就打折的现象，是户外行业的怪圈，也是造成目前众多户外店利润低的原因之一。

因此绿蚂蚁调整了会员门槛，提出了消费到一定金额以上才能成为会员的基本条件，并且申明不是会员不打折的原则。这样操作虽然有风险，但是也是规范市场的一种方式。

店铺的位置和形象尤其重要

按照目前户外店开店的普遍规律，户外店选址一般都不在当地的闹市区。我认为，随着市场的发展，竞争的加强，酒香不怕巷子深的想法已经不符合市场的运作了。

选择一个客流量大、位于商业区域内的店铺位置，有利于缩短市场培育时间及减少广告宣传的投入；采用明显标志性的装饰来突出外部形象，有利于加深消费者的第一印象。

绿蚂蚁按这种方式在西安开设了新的店面，从开业几个月的情况看，有利的位置和突出的外部形象确实对店面经营有很大的帮助。

现在来看，当时谈的这几点依旧没有过时。

虽说从户外行业的人员、发展趋势来看，现在比前几年好很多，国内很多媒体都在说户外行业的发展很快，其实它是有原因的，因为中国人口多。但是，如果真正算下来，中国城镇居民中的户外运动参与者还不到1%。

在很多人眼中，户外是一种个性的表示，是一种有钱人玩的活动。其次，很多人会认为户外运动很辛苦，不愿意去参与。

我个人觉得，户外运动还需要我们耐心去引导，组织俱乐部活动就是这样一种引导方式。相对于其他服装品类，户外服饰有所区别，它有自己的行业特性，更多时候，它是在跟山打交道，跟自然打交道。

同时，定位于中高端，让我们过滤掉了那些对价格极其敏感且对品质不太注重的用户群体，这些群体中的一部分人会选择互联网上低价却没有质保和售后的产品。

一个好的趋势是，随着中国经济的发展和人民生活水平的提高、中产阶层的崛起，消费升级开始呈现出一番新的景象。人们开始愿意付更高的价格买更好的产品和服务，人们也愿意为文化和体验付费，体验经济开始崛起。

虽然互联网时代产生了很多概念和模式，绿蚂蚁也面临着互联网所带来的冲击，但是我们要想清楚互联网到底是什么，互联网+，加什么了？是互联网把我们夹住的“夹”，把我们的思想和意识夹住了。

事实上，这个行业的真正核心价值就是体验。我们要让顾客真正享受自然和户外给他们带来的健康和快乐，呼吸到新鲜的空气，这就是我们的价值，如果不做这些，卖给顾客什么，就卖衣服吗？

加强体验和满足顾客的情感需求，是绿蚂蚁过去三年所做的事，这也是互联网做不到的事情。绿蚂蚁有深度体验俱乐部，经常会组织爬山、滑雪、骑行等各种各样的户外运动，让大家在户外运动中感受到快乐。

现在大部分的商业模式还是以卖货为主，做零售的人，都讲单位面积产值，一个平米卖多少钱、挂多少货，越是这么算，越会使自己进入到一个误区。

我觉得以前是卖方市场，不是买方市场。现在互联网上鼠标一按就送货到家了，为什么还要去线下店去买。

消费者的消费习惯是一手拿钱一手拿货，你便宜我就买你的，他便宜我就买他的。

在实体店受到很大压力的情况下，绿蚂蚁的毛利是增加的，去年的销售额也和之前差不多，就是因为我们更加注重体验类项目的运营和开发。

2016年，我们已经开始对店铺进行改造，把一些店铺的商品去掉，做成登山、跑步、攀岩等各类运动的体验店，用体验引导消费，而不是顾客一进来满眼是服装和其他装备。

目前我们正在做一个跑步训练室，与传统的健身房里只是摆了哑

村民老程伟净水鸟手工雕刻的石碑

铃、跑步机等器材不同的是，我们会请专业的教练给会员讲解如何正确跑步、如何避免腿部受伤，以及登山者如何锻炼肌肉、如何保护关节等相关知识，让大家在这里学习和锻炼。

有体验了才会产生需求。了解了人的需求，市场消费才可能增长，店里的产品销售也才会增加，否则很多人会说：“我又不登山，买包干啥，没意义。”

同时，让顾客体验也是为了降低他们参与户外运动的门槛，对于没登过山但对登山有兴趣的人来说，心里有很多未知的恐惧，考虑到累得还要背好多东西就不想去了，门槛很高，花钱花时间。

但另一方面，人内心深处都向往健康，喜欢和志同道合的朋友在一起，享受自然环境，渴望呼吸清新的空气。

因为门槛高，内心又有需求，所以最好有个地方，大家可以体验攀岩、登山。可以先从跑步开始，然后对运动慢慢产生兴趣，逐步深入，不可能突然一下子就登上8000米的山峰，否则可能伤害到自己。

未来，我们打算规划一个3000平米的店，三分之二规划成所有与户外运动有关的体验项目，三分之一为产品展示。

我一直在想，绿蚂蚁不是一个真正特别赚钱的企业，也不是一个最大的企业，但一定是一个引领行业的企业。

玩命赚钱，拼命玩

2016年3月份，公司提出了一个口号，叫“玩命赚钱，拼命玩”。

开会的时候，我直接问员工：“你们最想干什么，赚钱是不是？”

话一说出口，下面员工都举起了手。

“想赚钱非常好，我也非常支持你们，天天想着赚钱的事，可谁是这么干的？”

很多员工陷入了深思中。

“想赚钱，90%的时间应该用在上面。很多人干的事，跟赚钱没关系。为什么没赚到钱，就这么简单。什么销售心理学，哪有那么多东西。很简单，想赚钱就干点赚钱的事，脚踏实地做事，天天想怎么服务好顾客，让顾客信任你。”

我继续说：“你把自己锻炼成全西安市最牛的营销高手，绿蚂蚁留你，同行挖你，如果能成为全国最牛的营销人员，自然有更牛的公司挖你。你们连这点都不明白，怎么赚钱？其实，就是要经营自己、经营顾客，不能像当个保安一样，顾客即使来了有啥用啊。”

我一直认为，让自己变得越来越优秀，才会有更多的财富，同时，干点实事比说更重要。

我跟员工说："别天天回家跟父母说我到年底就赚到钱了，这都是空话，现在就当着众人的面说，比如要带着爸爸妈妈年底出游一趟，十天时间。自己悄悄说不算，外部的力量会监督推动你，从而更容易实现目标。如果连这一点都不突破自己，不逼自己一把，你能赚到钱吗？"

登山过程让我明白：分解目标才更容易实现目标。

"别的大话不要说，年底带父母出去玩一趟，第二年如果可以就买一辆十万元的车，这样一来，一个月就需要赚八千到一万，那现在应该如何做？分解目标才能更好地实现目标。"

所以在我看来，一个真牛的老板不是教会员工帮你赚多少钱，而是让员工学会一点点为自己多赚钱。

除了拼命赚钱之外，另一个就是拼命玩，我说的玩是积极健康地玩、热情地玩。当然，这个玩也更多地与户外运动有关，我们公司的员工大都喜欢户外运动、喜欢玩。

我们在招聘员工时的第一个要求是，所有的员工都要爱玩，无论你干什么，绿蚂蚁招聘不看学历，我们要的是积极向上阳光的心态。

有一次，一个男孩说要加入我们绿蚂蚁。

我问他："你喜欢什么？"

男孩说："我喜欢户外运动，喜欢跑步。"

"毕业后，你都干了什么？"

"我每天坚持跑十公里以上，我想成为万人引跑者。"

在招聘时，我一般不看简历，因为我不知道上面的履历信息是真的还是假的。而这个男孩，他曾参加过很多次绿蚂蚁的跑步活动，我知道这是真的，于是男孩就加入了绿蚂蚁。

实际上真正的玩，是一种能力，我是指会玩，而不是胡玩。你玩的东西要与健康有关系，与积极向上、热情、阳光、快乐有关系，如果玩的是这些，你的内心会更加充盈喜悦，你的喜悦也会影响到身边的人。

事实上，这句话很有道理，玩都不会玩，更不敢大胆去赚钱。如果我们大胆去赚到钱，我们就能酣畅淋漓地去玩，我觉得这是相辅相成的。

小时候我妈跟我说过一句话，"不会玩的人也不会学习"，引申到现在，不会玩的人也不会工作，也挣不到钱。

前几年，我都会带着员工一起去登山。2016年，我带着员工一起去松花湖滑雪。

如果说登山是一个苦行僧式的活动，那么滑雪便是一个非常时尚休闲的活动，而且非常容易上瘾，整个家庭男女老少都能参与，门槛非常低，也会带来很多快乐，这种快乐没有参与过的人是体验不到的。

大家也是从开始的害怕恐惧到最后都爱上了滑雪。

事实上，长时间呆在很舒服的环境中，人就不愿意再挑战自己了。在滑雪过程中，每个人都一样，刚开始都很恐惧，而且如果一直在熟练的地方滑，提升就会很慢。有些时候，需要有人在后推你一把，或者逼你一下，我自己也是这么学会的。

七八年前，教练带着我去滑雪，我心想去就去呗，开了两三个小时的车，来到滑雪场。

当时我小瞧了滑雪，只觉得滑雪比登山简直容易多了。

教练说："走，我带你上去。"

"你都没教我，就带我上去！"我嘴里嘀咕。

"滑雪没什么难的，你看人家嗖地就下来了。"

我坐上缆车，上升到中级道，往下一看，吓傻了："这么高，这咋下去！"

在中级道停下，我扛着板子，跟在教练后面。

"来啊。"教练滑着单板，离我大概二三十米远。

“这哪能，我下不了，我要坐缆车下去。”来之前，教练只简单给我说了一下如何刹车。

“滑雪场里都是上来滑下去的，哪有坐缆车下去的，这不是旅游景区。”

“那不行，我不坐缆车，我走下去，这下去还不摔死我了，这雪道旁边，难道没有阶梯吗？”

“你仔细看看，你旁边哪有什么阶梯。”

我站到雪道上，什么都没有，绝路就是出路，那一刻我骨子里的倔强劲被逼出来了。

“我就不信了，滑下去能把我摔死！”

内心的那股劲出来了，我就穿上雪板，连滚带爬往下滑，一趟从上面滑下来，两公里多摔了四五跤，眼镜都掉地上了。

越挫越勇，我滑下去拿着板子又上，第二趟摔了一跤，第三趟一跤都没摔。

教练说：“你是我教过的学生里学得最快的一个。”

“我身体里有一个东西可以激发自己，就是那种斗志、倔强，我就不相信还能把我摔死，那么多人都滑，我就滑不了，那种劲出来就学得很快。”我告诉教练。

这次我带公司员工滑雪，其中大部分都是第一次滑雪，我也采用了“带上去你下不下”的教学风格。

人都是这样，喜欢活在舒适圈里。但任何一项运动都需要克服我们内心的那份恐惧。

通过团队一起出去运动，大家的内心逐渐打开，而且很开心。

因为我们都喜欢开心、有激情、阳光灿烂的人，既然每个人都喜欢这样的人，我们就把自己先打造成这样一个团队。当我们真正地开心的时候，才有可能影响更多的朋友和客户。

在滑雪的过程中，我虽然有一些事情要处理，但后来想想，即使是再大的事情，我也应该跟团队在一起，一起玩，一起享受快乐的时光。

我觉得这非常重要，因为你是否用心对待每一个同事、每一位员工，大家都是能用心感受到的。

我有这种户外运动快乐的体验，我也希望我的同事去体验，很多人只有去滑了才能感受到肾上腺素和多巴胺分泌带来的让人兴奋的感觉。想要生活有激情，就必须把自己身体中的细胞调动起来，这样才能有无穷的能量释放出来。

每次与同事去玩，去体验速度与激情的时候，我们团队的心才真正走到了一起，处在了一个频道上。

我们用玩、用滑雪这件事情，把我们的频率、思想、脉搏调整到一起了。每次玩回来，我们的同事不论年龄大小，男的女的，都非常活跃、非常开心。在畅谈任何事情的时候，大家之间好像都没有障碍，真的用心在交流。

我不希望团队活动只是简单地吃喝，我们希望去完成这样的一些生活体验，这也是我的一个梦想，希望在绿蚂蚁这个平台上，打造无数个各行各业能玩的专家。

你喜欢登山你就成为登山专家；你喜欢跑步你就跑到最牛；你喜欢滑雪，就年年都去滑；你喜欢徒步，中国国内所有的徒步线路你就都走一遍……我鼓励我们的员工这样干。

只有我们成为专家，才可以引领我们的朋友、顾客、亲人去体验和感受自然环境给他们带来的乐趣和这样的生活状态。

所以，未来，我认为绿蚂蚁真正值钱的不是货品，也不是店铺，而是有这么一群会玩、会生活、能找到生活亮点的人。

这些人汇集到一起，像一根根小的火柴棍，点亮了一堆柴火，让这一堆柴火燃烧起来，去照亮更多的人，这才是绿蚂蚁存在的真正意义。

净水鸟志愿者在海拔3500米大爷海为保护环境签名

那些年，绿蚂蚁经过的坑（一）

在绿蚂蚁发展过程中，经历了一些坑，也犯过一些错误。现在回过头来看，这些经历都让绿蚂蚁变得更好，也让我更加坚定了一些东西。

事实上，越痛苦的经历，我们越能记住，它就像一个深深的烙印，刻在我们心里，告诉我们：不忘初心，方得始终。

2006年的时候，一个刚开业不久的户外店同行和绿蚂蚁进行了恶性竞争，用各种方法挖人，并且采用了举报等方式试图搞垮绿蚂蚁。

那一年也是我最难熬的一年，因为绿蚂蚁当时处于快速成长时期，有很多地方不完善。当时国家的发票都是手工开的，有的顾客嫌麻烦，就不要发票了，这在当时是一种普遍现象。现在都是机打的，想手工开也开不成了。

对方就抓住我们的把柄，说我们不开发票，税务局持续[illegible]个礼拜查我们的账，说要处罚大概一两百万。

在那种情况下，绿蚂蚁就直接关门了，我特别苦恼，因为之前我只是一门心思做店铺，现在根本不知道找什么人能解决这个问题。

在那将近一礼拜的过程中，我非常痛苦，有一种欲哭无泪的感觉，心里很委屈。当时是5月份，天还比较凉，我每天就起个大早，在城墙根下不停地走。

也是在这个过程中，我想明白了很多事情。

事实上，我觉得这是一种嫉妒的表现，对方嫉妒我们，证明我们比他好，因为大家都不会嫉妒一个比自己差的人。

想要打垮你其实是在内心深处承认你的地位，而要真正地打垮别人，就需要把自己做好。所以我进行了反思：真正的竞争对手不是别人，是我们自己。

于是我从自己身上找问题，我们开始加强内部管理。每个店面开发票时，跟顾客认真交流怎么处理，如果顾客不要发票，说清楚，然后绿蚂蚁会做详细登记。

也是从那时开始，我们引进了ERP系统，完善了后台管理，后续也加强了对货品和库房的管理，这样绿蚂蚁的管理更加高效，各项数据也更加完善和精准。

这件事情过去后，我的心情豁然开朗，我觉得我要感谢竞争对手，用这样的方法督促我不断前进，后来出现的各种竞争，我都会用这种心态看得。

我觉得绿蚂蚁能够发展到今天，应该感激我们的竞争对手。

说到企业的完善，绿蚂蚁经过多年的发展，沉淀了一些企业文化，但是很多都是不成文的规定，就我自身而言也是一直注重用行动带领员工，在理论层面很少说教，这样对于老员工有用，但无法让新员工快速了解绿蚂蚁的精神和文化。

到2010年时，绿蚂蚁已经做得很大，开店开到顶峰，此时企业管理方面以及企业文化不健全的问题全部暴露出来了。

这时，我就找徐富明老师聊了几次，想让他过来帮绿蚂蚁做一些企业文化方面的梳理工作。

徐富明老师当时在深圳的一家公司作企业中高层团队心态教练、企业团队专职培训导师，我以前参加培训课程时认识了他，不过当时并没有太多的沟通和交往。

2009年登珠峰时，我给他发了一个短信，说我要去登珠峰了，以及一些感谢支持之类的话，并邀请他来参加出发仪式。

徐老师因为忙没能参加上，他告诉我说：“你登珠峰走的时候我也没能给你送行，就这么一点能力，我唯一能支持的就是给你的团队做一场培训，不收费，平时要收费的话还蛮贵的。”

就这样，我一边登山，一边把培训的事情安排给团队，徐老师给企业做了三天培训，团队反映很不错。

经过和徐老师多次沟通后，徐老师加入了绿蚂蚁，他以企业文化为入口，通过与我和员工沟通，以及大量的问卷调查，对绿蚂蚁的文化进行了梳理，对管理进行了完善。

经过梳理后的绿蚂蚁，建立了清晰的企业文化体系。

绿蚂蚁的企业使命是：引领自由快乐、激情健康的户外运动生活。

这一使命具体可以分为：

对消费者的使命：专业品质、全心服务；

对员工的使命：营造一个快乐、和谐、相互尊重的工作氛围，搭建创业平台；

对商业伙伴的使命：创造公平、合理、对等互利、实现共赢的局面；

对股东的使命：使其投资高于社会平均回报。

在企业愿景层面，要让绿蚂蚁成为国际一流的户外运动连锁集团化企业。

企业的核心精神是：自我超越、突破自我、信念坚定、坚持不懈。

企业的核心价值观是：快乐、责任、服务、学习。

企业文化建立后，徐老师在内部加强了企业文化的宣导。他认为，优秀的企业是一个熔炉，每个员工来之前都是一块矿石，我们要把他炼成一块金子，把企业优秀的文化品质注入到员工的精神内核。

因为企业最终的成功还是成就一批优秀的员工，而不是拥有多少财富。

在梳理绿蚂蚁企业文化的同时，这些文化也滋养了徐老师，他曾说：“与其说我为这企业干了什么，不如说这企业成就了我。”

徐老师在做工作的同时，绿蚂蚁崇尚运动和快乐健康的企业文化也让他的生活拥有了全新的一面。

2008年到2009年，他的身体不是太好，有轻微脑梗。近些年通过运动，他的身体越来越好，2015年还登了雪山、跑了马拉松，滑雪的时候可以达到每小时72公里。

徐老师常在我面前说，自己以前不敢想会有这样的生活方式。通过跑马拉松、经常登山，他的心胸变得更加开阔，生活也更加丰富多彩，给企业做事也很开心。

通过梳理绿蚂蚁的企业文化，让我更加感觉到绿蚂蚁是有精神的，绿蚂蚁企业精神核心的动力在于自我超越。

在目前的经济社会中，一个企业有这样的精神、这样的动力的时候，它是勇于面对困难的，而且是越挫越勇的，这个团队遇到任何困难，都能迎难而上。

一群志同道合的人，肯定能走得更远，绿蚂蚁真正的财富就是这群认可绿蚂蚁企业文化和价值观的人。

此外，绿蚂蚁在发展过程中，也经过一段非理性的扩张时期。

2011年，公司想扩大发展，找到北京袁弘基金，对方决定给绿蚂蚁A轮投资，签的合同是前期投资1000万，未来三年追加投资

3000-5000万。

2012年，500万资金到位后，绿蚂蚁就开了几家店，结果后期资金没到位，装修好后没钱订货，不得已把几家店都关了。公司在2012年巨亏，之后开始迅速调整。

2012年，绿蚂蚁开店数量达到13家，到2014年，两年间绿蚂蚁关了6家店，最后只剩下7家店。那两年，非常艰难。

就是因为这件事，我对投资有了更加谨慎的看法。当时投资人看重的是短期利益，问题是经营企业哪有那么快，生孩子还十月怀胎呢。

我们靠“绿蚂蚁”三个字活着，经过这样一个瓶颈期，我发现我太急于求成了，太求大求全了，没把“绿蚂蚁”当成我真正的孩子去看待。

我应该忘记这些东西，用心去养店，像养孩子一样，怎么可能一天成才，我需要耐心陪它。

那时给我的错觉就是要上市或要怎么样，后来互联网来了，我反而不这么想，就想踏踏实实、认认真真做好内部管理，给顾客带来真正好的体验。

现在也会有公司员工和朋友问我想不想上市。我说想，怎么会不想，但是上市的核心是什么，对不喜欢我们职业的人来说，我就没事干了。

一个人要是没事干是什么样的感觉？精神是空的，这跟钱没关系，我发现很多企业家或者老板很有钱，但是他们觉得生活很无聊空虚。

另一方面，上不上市，与我们无关。即使上市，也得有人包装你，那也得你很牛，做得很专业。但是上市了，这个孩子就不属于我，不听我的了，当父亲的，我就会有失落感。

不是我不愿意，我就在想，我到底要什么。

现在很多人都在谈创业，有的员工也离职去创业，我会对他们说："我非常支持你，但是你要想明白，就像你想要孩子，要孩子是为了什么？你创业又到底是为了什么？"

有的人回答："我创业是为了让生活更好，让我爸妈更有钱。"

我说："你到底想要什么，把这些东西找到，才会持续。"

我认为，做企业和养孩子一模一样。我们的父母会因为孩子表现得好而开心，但是孩子如果表现不好，或是生病了，父母也宁愿倾家荡产保护自己的孩子。

用像对自己孩子的这份爱，做自己的事业，就没有做不成的。成，就是让自己很幸福，做这件事很开心，让你的家人也为你骄傲。

而我们现在都是短平快、快速长大，要创业，要这个孩子，但你有没有做好，陪伴它五年十年甚至一生的准备？我们都在讲各种各样的模式，互联网给了我们各种各样的机会，但什么模式都比不了你现在自己做的模式，只是需要你去研究和深挖它，把它做精做专做细。

人生有很多形态，自己创业或是就业都是不同的生活方式，但是无论做什么，都应该呈现我们的个人价值。

每个人的生命都是灿烂和光彩的，我们要找到自己，用父母的爱，像爱自己的孩子一样，去爱自己所做的事情。无论做什么，如果你每天做这件事情都是满满的开心幸福，你的人生就是有价值的。

每年员工户外运动体验日，冬季穿越太白

那些年，绿蚂蚁经过的坑（二）

2001年夏天，离开学还有半个月时间，即将上大二的陈讯，从老家来到西安，想打份工实习一下。坐610路过小雁塔的时候，他看到这里正在开一家户外店，绿蚂蚁第一次进入他的视野。

当时店刚装修好，货刚挂了一半，有一天，我正在挂货的时候，他进来了，高高的个子，黝黑的脸上一双明亮的大眼睛，很阳光。

“老板，是不是没开业？”他问我。

“嗯，你干嘛呢？”

“我上学，对户外很感兴趣。”

聊天过程中，我发现他对户外很熟悉，对帐篷、包、户外冲锋衣、面料等都有很深的了解，而当时很多人还都没有户外的概念，喜欢爬山的他，从一些杂志上了解这些东西。

我就问他：“你有什么想法没有，愿意到我这儿实习兼职吗？”

“刚好，我今年大二，课不紧张，多点社会实践也好，这也是爱好。”

陈讯课不多，于是利用课余时间在这里做兼职，了解货品，做销售。周末和节假日顾客会比较多，他也会组织带队去搞户外活动，刚好他也喜欢去户外玩，和我一样，都是“以贩养吸”。

他当时是一个学生，一个月400块钱生活费，不够他出去玩的费用，后来他打工每个月挣点钱，能买点东西，也能出去玩，他做俱乐部领队，不仅不用花钱还能挣钱。

我也不会想到，这第一个实习生，日后会伴随绿蚂蚁成长十多年，并成为公司重要的中坚力量。

2012年，我从猎头公司找了一个总经理，作为职业经理人，他的优势在于部门搭建和目标制定，在规划上很系统全面，面向全国市场如何突破，如何构架竞争优势等，对后期经营也很有启发，但是能实际操作和执行的东西比较少。

我最初不太会规划，绿蚂蚁之前从来没有设想过未来几年的目标和规划，只想着生意好了就扩大，生意不好了就收缩。

因为户外属于偏门，需要在这个领域有一定专业知识的人。他虽然懂财务、市场营销和人员管理，但在具体经营业务时，不懂户外行业和消费者的心态，也不懂我们的文化，拿其他行业的一套东西来做户外，我觉得一塌糊涂，后来不到半年我就请他走了。

这个总经理离开以后，我不快乐、不开心，也逐渐意识到自己的错误：外来的和尚未必会念经。

2012年10月的一天，陈讯突然找到我，说：“蒲哥，能不能让我来干？”

我们自己的人终于有一个敢站出来担这个担子，我特别开心，但又有些担心和顾虑。

我接着思考：我凭什么说人家不行？连跟自己干了十多年的员工都不信任，还能把这个担子交给谁呢？我觉得所有问题都是我的问题，没有把自己打开，太把公司当成我自己的，我怕它倒闭了，所有的怕都源于不信任别人。

陈讯给我解释："蒲哥，你能从外面花那么大价钱挖一个人过来，我老员工跟你干了这么多年，你不给我机会，我就说句难听话，就算我没有任何能力，干得再差，也不会比现在更烂了吧，现在已经到了这种地步，我们之前都比现在做得好，一年时间就跌到谷底了。为什么让一个你不信任的人掌握公司的前途呢？"

他这么一解释，我感觉那一刻自己放下了。

在公司具体运营过程中，我赋予了他更大的空间和权力。

人活着需要血液，企业活着需要现金流，原来一个月四五百万的流水，突然降到了一百万，面对水电费、房租、人员成本，我深感活着就是机会。

陈讯通过各种方法，用了两个月时间，把每个月回款做到了三四百万，公司的销售额恢复到之前的情况，公司重新恢复了现金流比较充裕的状态。

想要快速让业绩回升，其实很简单，零售行业销售不好很大程度上有两个原因，一是货没定好，不被人喜欢，二是价格没定好，价格偏贵。商业零售的两个秘诀就是选择好货品，价格优惠。

为了快速回升现金流，陈讯采取了货品打折卖的方法，实现了短期盈利，虽然从长远来说这不是解决问题的根本方法，但在当时那种情况下，确实是最好的方法。

就这样，2012年关店、处理货品，2013年实现了持平，2014年实现盈利，2015年销售额比2014年翻一番。通过这几年调整，公司销售额虽然没有太大的增长，但企业效率在增加。

经过不断的磨炼，陈讯也成为了绿蚂蚁的总经理。2016年，他定的目标是销售额比2015年要增长40%。

“你咋今年报增长这么多，40%？我觉得应该做得保守一些，目标可以有挑战，但首先必须保障公司处于上升的趋势，不要过于激进，更要侧重锻炼我们的团队。”

陈讯则信心满满：“几年调整下来，每年的增长率、店面、货品、员工、平均销售、盈利、房租、运营成本、挣多少，我心里清楚，一目了然，包括2016年改造，每个改造花多少钱，我都算得很清楚。一算，原来可以增长40%。”

在追求业绩增长和团队成长的取舍之间，我和陈讯坚持同样的观点：更侧重团队成长，要锻炼员工，允许员工犯错，这样，未来公司才具有更大的增长力。

团队中很多新人初期执行力低，容易犯错误，沟通成本高，容易浪费费用，造成业绩增长迟缓。如果很多事情管理者亲力亲为可能会做得更好，但长久这样下去，团队成员尤其是新员工就失去了锻炼的机会。

陈讯喜欢用自然中的植物比喻他的管理哲学："沙漠里白杨树长得高，是因为每年都把枝杈锯掉了，让养分集中到树干上。如果这样做，绿蚂蚁也能长得高，但是枝杈不够丰富。"

他认为，绿蚂蚁不需要长多么高，只有培养带动更多团队人员，让他们成长起来，就像不断长出更多的枝杈，绿蚂蚁才会更加枝繁叶茂。同事这么多年，我和他在理念和行动上非常一致，现在我与公司很多人沟通很顺畅，问题经过沟通对方马上能理解，马上就去行动，管理起来非常轻松。

陈讯最初很爱登山，周末经常去爬山，不会在家呆着，后来因为膝盖受伤，重心转移到了公司经营和管理以及家庭上，户外运动他现在参与得很少了。

他有时候会调侃我："蒲哥，你这个人很牛，消灭了一个未来的登山家，但培养了一个很牛的职业经理人。"

我们相处得很舒服，没有什么沟通反而是最好的沟通，都清楚自己要做什么，不需要反复说。我现在也很少管理店面的事情，不唠叨了，反而陈讯会唠叨一些。

陈讯也说过："老蒲做管理店面的具体事情未必比我做得好，他的能量来自于他是一个登山家，在户外界和商界有非常好的人气，去做赛事等是最有优势的。大家在各自的舞台上扮演好自己的角色，不需要互相抢戏，最好的节目就表演出来了。"

如今，陈讯作为经理人，更加理性地看待我和他之间的关系。他说：“蒲哥是老板，给公司创造了生命，就像是树根，我就是未来公司的干将，是上面长出来的杈，我会努力培养出更多的杈，让绿蚂蚁长成参天大树，虽然有时候可能别人看不到树根，但是没有根，这棵树会死，所有的养分和灵魂来源于他。”

我放手后，不再像以前一样站在上面，亲自带领着大家做事，陈讯则担当起这样的角色。

到现在为止，我也在成长，懂得把机会给团队，让他们成长和发展，荣誉和光环让给别人。以陈讯为代表的第二代绿蚂蚁核心团队真正成长了，能挑起公司管理的重任了，我很开心。

现在，一些员工和品牌商会觉得我贪玩，有品牌商说：“你要是不那么贪玩就好了，店面会发展更多。”有员工也说：“蒲哥，我觉得你不再像以前管那么多事了。”

这是原话。我理解他们，以前我确实管得太多了，事事都管，后来发现都是我的问题。

我事事都管，结果是他们事事都不管，他们觉得你牛，你本事大，我们什么都没你做得好，那你来干。实际上不是，店面我已经做了十几年了，如果我继续这样干，我只能成为这样的人，想进来的人、想干的人，可能就没有空间和通道。

前几年，我也在不断思考自己的角色和使命到底是什么。

总结出两点：第一，给后面上来的人让道；第二，不能养老，要找更大的空间，去做自己该做的事。

绿蚂蚁是一个大家庭

作词：王滨 / 演唱：王滨

把第一次登上山顶的惊喜

装进这次出发前的行李

向上几千米空气越来越稀

让每座山峰默读我的足迹

将第一次征服它的勇气

注入每次超越极限的身体

生活之外惊现生命的领地

把我的名字印在冰雪峭壁

总有些生命擦肩在我身旁

你问我何不停下脚步

因为山在那里

不停跳动我征服的渴望

那一次在那里

时刻丈量灵魂新的海拔

因为山在那里

寂静却充满存在的力量

一切就在那里

看我一次次如何靠近梦想

……

“因为山在那里！”——1924年，英国登山家George Mallory回答《纽约时报》“你为什么要攀登珠峰”时的一句话，随后成为了一句名言，激励着无数登山者去追寻自己的梦想。

《山在那里》这首歌也因之成为了绿蚂蚁的企业之歌，成为绿蚂蚁企业核心精神的重要表征：自我超越、突破自我、信念坚定、坚持不懈。

在公司里，我可能算是年龄大的几个人之一，实际上我的激情，每天的工作状态和精神状态，用我自己的话说，也就是二十多岁人的状态，我每天都会用饱满的精神去面对各种各样的事情。

一些员工会问我：“蒲哥，你为什么每天看上去都那么精力充沛呢？”

这种状态很大程度上是登山和户外带来的，我一直在努力作一个火把，首先用自己的热情点燃员工的激情，然后让员工影响到其家人、朋友和顾客，从而形成一个有影响力的强磁场，感染更多的人。

绿蚂蚁的员工喜欢微笑，阳光纯净的微笑是传递户外健康、积极、热情、活力形象的外在符号和表征。

这些年，我之所以能够做到爱好与事业兼顾，就是因为拥有一个好的团队，让我有时间去做更多自己喜欢的事情。

我们的团队都是自己一手培养起来的，通过对绿蚂蚁企业文化的共同理解，很多时候，大家像兄弟姐妹一样，为了一个共同的目标或梦想而奋斗。

这也源于我一贯的认识：公司的第一顾客其实是员工，员工不理解我们在做的事情，也无法向消费者传递企业的文化和理念，这样顾客更不会理解公司文化，只将绿蚂蚁当作一个简单的户外店，只是卖衣服、卖装备而已。

同时，员工是管理者。因为员工在第一线，他们能够将很多信息反馈到领导这里。为了避免出现员工惧怕和领导沟通并担心会受到责备的情况，我们形成了简单、直接、有效的沟通文化，并且在公司内部形成了允许犯错的宽松氛围。

绿蚂蚁企业文化中，引领自由快乐、激情健康的户外运动生活是重要的企业使命，其中有两个重要的部分，一个是对消费者的使命，一个是对企业员工的使命。

绿蚂蚁对消费者的使命是“专业品质、全心服务”，对员工的使命是“营造一个快乐、和谐、相互尊重的工作氛围，搭建创业平台”。

因为公司的第一顾客其实是员工，所以我经常向员工传授销售和经营的一些简单之道，让他们做到心态和角色上的转变。

经常听说销售很复杂，我会告诉员工：“你只需要把进店里的每一个人当作兄弟姐妹来看待。”

“如果你的兄弟姐妹进来，你会胡乱说吗？你会说，去西藏，买8000的衣服吗？你肯定会说，不用买贵的，1000块钱足够了，我告诉你，性价比最好的就是这个。”

这就是对待兄弟姐妹的方法，不是越贵越好，就这么一个角色转换和心态转换，他们能够感受得到，下次还会来找你，甚至介绍朋友过来，这样就能把生意做好。

现在，我们的顾客经常没有安全感，商家自认为聪明去欺骗顾客，最后蒙的其实不是顾客，是自己。

他们都说销售多么深奥，其实没有那么深奥。第一，干什么就把自己变成什么样的人；第二，转换心态和角色，把顾客当成自己的兄弟姐妹或者父母亲来对待，就可以了。

有了这种一切从顾客的需求出发和为顾客着想的全新服务，加上我们所拥有的最专业的户外销售人员、最专业的户外产品以及最专业的产品运用指导，就能实现对消费者的使命。

在公司，绿蚂蚁与员工的关系体现为平台、舞台、球场、合作。在绿蚂蚁，没有打工者，每个人都是主人，大家都是合作者。

工作本质就是一种合作，员工就是自己人生的老板，公司的机制就是把员工的工作变成他的事业，让每个人在自己的岗位上创业。

企业成长的基点是员工的成长，只有员工成长了，我们才能获得企业持续成长的真正动力。

其实我觉得员工管理、公司管理没那么难，我现在之所以可以轻松一些，就是因为我搭建了这样一个平台，让员工先赚钱，然后公司赚钱。

在绿蚂蚁这个平台上，不需要员工把自己的钱放在这里，绿蚂蚁的平台唯一的需要就是员工尽心、用心、专心去做好自己的事业。

如果员工能够转换思维，“我拿老板的钱锻炼提升我自己”，这样就不会舍不得自己出力，也会积极学习了。

而且，在绿蚂蚁工作，人际关系很简单，公司有规矩，不许说是非。我一直认为，会说的人说自己，不会说的人说别人，说别人的人不如人，闲着没事干吗，干嘛天天议论别人。

我不懂得去跟大家来客套的东西，绿蚂蚁公司很简单，不用拍领导马屁，工作中互相提意见，没有上下级。没有酒桌文化，员工一下班就回家，有事说事，没事就各做各的，大家一起娱乐就去户外。

现在绿蚂蚁员工很喜欢且习惯于健康的生活方式，我们称其为回归，有的人希望过田园生活，以个人和家庭为主，不希望去过度交际。酒桌文化实际是一种过度交际，特别消耗人的精力、财力。

我们要求员工不将公司的事情带回家，不将家里的事情带到公司，工作和家庭分开。上班时间干完自己的事，下班就回家照顾家人，不会强求任何人加班，绿蚂蚁不讲究这种文化，员工做个真实的人就可以。

很多时候，我觉得，虽然绿蚂蚁不是一个成功的大公司，但是一定是一个有情有义温暖快乐的大家庭。

2016年初参加一个主题分享活动时，一个观众问我：“家里的苹果卖不掉怎么办？”

我说，苹果卖不掉是因为心里的爱不够，如果你能够站到整个村子的角度，想办法帮他们卖，这样就有了更多的砝码。同时你也没有把公司员工当成一家人，否则就让老板帮你卖。我就这么干过。

2015年12月，公司来自陕西咸阳礼泉县的员工刘鹏飞，其父母辛苦劳作了一年，风里来，雨里去，起早贪黑，收成了上万斤的苹果，但由于市场不景气，迟迟没有客商前来收购，眼看天气越来越冷，再不出售就被冻坏了。

得知他的这个消息后，我们就在绿蚂蚁的微信公众平台上帮助推广，并通过朋友圈、博客等方式帮他推广，最后帮他卖掉了苹果。2014年11月，我们还帮员工马宏伟家卖过宁夏滩羊。

冬至到了，绿蚂蚁会组织办公室的伙伴们集体包饺子，包好后会送达所有店面，让每位员工感受到温暖。

记得2015年2月28日，我送完最后一个绿蚂蚁创始员工周哥回家过年后，又去见了两位老人家（绿蚂蚁创始时期的老员工），和他们聊起十几年前绿蚂蚁刚开始创业的经历，他们帮我们量过小雁塔店的面积，算租金，当时老人家在绿蚂蚁第一个店——小雁塔旁边一公司做门卫工作。

其中一个老人家的儿子周旭强后来也加入了绿蚂蚁，和绿蚂蚁共同成长了十几年。我在感恩感激的同时，也在想：“我们有什么理由停下，让员工家中的亲人日子和和睦睦幸福健康，这是我必须去做的。”

家庭式的文化氛围，让公司形成了强有力的凝聚力。

最早就加入绿蚂蚁的陈讯在接受采访时曾说：“蒲哥是一个很爷们的人，即使离开，我也愿意为绿蚂蚁做一切的努力，为公司奉献一切，这都来源于我对老蒲的信任和大哥一样的感觉。”

陈讯调侃，“这有点像黑社会，大哥有困难了，小弟我替你扛。”绿蚂蚁公司里有感情在，大家一起经历了很多事情，每个人都不自私，懂得只要付出，团队最终会回馈自己。

绿蚂蚁与这座城市的运动文化

无经历，不兄弟

绿蚂蚁在发展的第一年，就成立了户外俱乐部，带领很多顾客去体验户外生活带给他们的别样感受。

这些年对户外俱乐部的运营，更加印证了我之前的做法，让我坚信：户外店没有运动就没有未来。

过去大多数户外店不愿意主动组织活动，怕户外运动有风险，不敢承担责任，其根源是对自己的不自信，不相信自己的专业和多年的追求。后来我想通了这个问题，觉得一个人的力量是有限的，必须带动整个团队一起做。

刚开始的时候，有员工不理解，问我："蒲哥，咱们开店卖货就好了，干嘛要劝说顾客去户外体验登山、露营呢？"

也因为这样，员工怕跟顾客交流，原因是自己没有经历和体验，自然也无共同话题和思想。

因而，在绿蚂蚁的员工培训中，我们更多的是专注于户外运动的培训。因为我们卖的是一种生活态度和户外理念，要让店员去亲身体验并感受它。至于产品知识的培训，只占了20%，80%是户外的体验。

绿蚂蚁所有员工都在我的带领下登过3000米以上的山峰。我希望员工能够在活动参与中感受到户外活动给他们带来的好处，然后就知道如何带领和有效引导客户一起去体验户外生活带来的美好和变化。

户外活动是都市人所向往的一种健康生活方式，这不是呆在家里看一部户外短片，或者拥有顶级的户外装备就足够了，一定要到大自然里面去，这是一种体验，一种修行。

只有来了，跟我们一起去登山了，才会有深度的体验，才会有交流，大家也才会成为朋友。

这就是我们绿蚂蚁深度体验户外俱乐部的精髓——“无经历，不兄弟”，这是传递绿蚂蚁户外运动文化和情感的媒介。一起去经历了欢乐与痛苦，一起面对恶劣的环境，当人们用内心中最真实最美好的东西坦诚相对时，才能成为真正的兄弟。

而何为“深度”？就是到达你的身体和心理都从未到达的领域，亲身经历你所未知的旅程。

但是，说服他人脱离舒适区去体验户外生活的艰苦很困难，这是挑战我们传统思维的事情。

登山那么苦，而且还有危险，即使很多人去了，如果得不到正确的引导，大多数也不会理解其中的意义，只会觉得累和辛苦，并且会产生抱怨和放弃的念头。有的人悟性高，能理解登山的意义，自然会去想到一些积极向上的东西，这就需要组织者有效地引导大家。

目前，西安绿蚂蚁深度体验户外俱乐部主要的服务内容包括：户外运动推广、深度定制半自助旅行、企事业单位员工户外体验、亲子户外体验、国内外雪山攀登及徒步休闲体验、山地越野赛事策划执行，以及立足于秦岭针对高端商务团队提供的一站式特色太白穿越地接服务。

户外与旅游的互相渗透和融合是近几年兴起的一种趋势，绿蚂蚁也在不断规划各种主题户外线路，目前主要分为短线和长线两种。

在短线户外活动层面，2016年，绿蚂蚁深度体验户外俱乐部每月推出一期秦岭经典穿越线路，从入门级的观光摄影、轻装徒步到进阶级的重装露宿、滑雪，一起体验户外活动的挑战与乐趣。

从每年3月一直到10月，有高冠——大寺反穿，冰晶顶——桦林弯穿越、鳌山穿越、太白南南穿越、黄柏塬等经典户外穿越线路，适合短途户外体验客户 。

长线户外活动作为俱乐部的重点活动，地点覆盖国内外主要的户外特色地区：西藏、新疆、广西、四川、云南、内蒙古等省级东北地区，从入门级的休闲观光到进阶级的长期露营、雪山攀登等，在美丽的自然风光中体验人生的新视角。

更具难度和挑战性的是每年五月的半脊峰雪山攀登和八月的雀儿山雪山攀登，而像三月林芝桃花节、四月多彩贵州行、五月安纳

绿蚂蚁野外用品
GREENANTS

西越野跑、七月西藏、八月甘南、九月新疆、十月胡杨林和法国勃朗峰、十二月雪乡等就属于适合大部分群体的旅游户外活动。

同时，青少年户外训练营也是我们开展得较好的活动，诸如暑期呼伦贝尔大草原游学之旅、太白山成人礼、秦岭探秘等活动，不仅能锻炼身体，也能让孩子在自然环境中无拘无束地展示天性、结交朋友、磨练意志，培养他们的实际生活能力。

之所以针对青少年做一些户外训练和亲子户外体验项目，是因为我很早就了解到美国儿童在成长过程中很注重户外教育和体验，孩子从小从自然中学习，体能得到了锻炼，意志力和克服困难的勇气增强了，这种吃苦精神和心理素质能帮助他们在未来的发展中走得更远。

我们国内的教育，更注重学生的理论学习，对运动方面的重视不够。孔子七十二门徒周游列国，就是到真实发生的事件里去探讨学习，户外活动能增强孩子认知自然的能力，真正以大自然为师，师法大自然。在这样的过程中，对于平时缺乏体育运动的学生来说，也能够增强他们的体质。

未来，我计划把中小学的生命教育和灾难教育作为一个重要工作内容，我清楚地记得，2014年，我看见一个小朋友的手受了伤，受伤处不停流着鲜血，他无助地流着眼泪，其实一个很简单的挤压止血动作就能止血，可他不懂得这样做。因为没有人教过他，所以我希望为更多小朋友做点力所能及的事，义务为各学校孩子普及户外安全及生活安全常识。学校讲知识，我们讲常识，目前这一活动已经开展多次，得到了家长和学校较好的反馈。

目前，绿蚂蚁也在做一些企业和团队个性定制服务，包括企业山野拓展、团队内部赛事策划、团队定制旅行团等服务。

现在，很多公司对员工进行培训，但有时候员工反而不愿意，我认为，老板用心良苦，一厢情愿，花了很多钱不见得取得很好的效果。

其实玩是老板和员工都愿意做的事情，在自然环境中，在玩的过程中，通过一座山、一段路，共同去经历体会，感受到的东西才是员工真正学习到的。

通过以上几种主要的活动形式，俱乐部与我们的店面相辅相成，传递着一样的精神和文化，是推动和延伸绿蚂蚁企业文化的重要载体和工具。

目前，俱乐部拥有会员近6万人，曾经服务过万科集团王石团队、搜狐CEO张朝阳团队、思八达三玄智慧企业家团队、金花宝马团队、西安玛雅团队、北京21客蛋糕团队等。

俱乐部也成功举办过2013照金山地自行车挑战赛、2015中国·秦岭50km国际超级越野跑、中国户外运动高峰论坛和坚持了12届的“关爱秦岭 净水鸟”大型公益环保活动等。

2015年2月25日，北京国家会议中心，“2015中国户外产业年度评选颁奖盛典”举行，其中首次设立的“商业户外俱乐部评选”得到行业内及广大户外运动爱好者的普遍关注。

经过数日的评选，来自全国各地的户外运动爱好者通过微信平台参与投票选出“十大最具实力商业户外俱乐部”“十大最具潜力商业户外俱乐部”榜单，西安绿蚂蚁深度体验户外俱乐部有幸荣膺“十大最具实力商业户外俱乐部”。

我曾说过，一个真正的管理者心里装着员工，无论遇到什么事情要先想到员工，员工才会把心交给他。一个好的企业也是如此，只有更好地服务更多的人，他们才会真正推动和支持公司的发展。

绿蚂蚁不是简单地卖衣服，而是真正地服务更多的人，让更多人接受绿蚂蚁所倡导的生活态度和健康理念。

过去是人围绕着店铺转，人要到店铺里去，或者访问PC平台。进入移动互联网的时代，是店铺围绕着人转、围绕着场景转，户外俱乐部的体验是我们最重要最核心的场景。

绿蚂蚁服务了二十万的顾客，这些人都跟我们去体验过登山，他们深深地理解我们深度体验传递的价值观到底是什么。顾客认可你的时候，就算店面只有20平米，照样可以经营得很好。

因此，创新服务是出路。我们不断创造新的服务形态，用最强组合为企业团队、同学聚会、亲子教育专业定制服务，满足他们丰富而多元的体验需求。

事实上，十年前，西安户外市场没有人做，更没有人讨论其是否有市场。但是，十年后大家都在讨论秦岭的户外资源有多丰厚。我觉得，这是潜移默化的结果。因为它有一个领跑者，向大家宣扬或传递了户外的概念，从而影响到了一个地区的户外行业发展。

而在这十年之中，绿蚂蚁扮演的就是领跑者这样一个角色，不断通过组织活动进行多方面的宣传，坚持做户外运动的引领者和推广者，让户外运动在秦岭广阔的地域遍地开花。

除了“店铺+户外俱乐部”，绿蚂蚁现在也在转型，但都是围绕户外行业展开，比如2015中国·秦岭50km国际超级越野跑，2016百公里越野跑，企业的山野体验等。

绿蚂蚁同时还计划开发户外体验基地，让我们的户外运动安全常识普及、职业体验等活动跟一些房地产项目或者国家项目做跨界的合作，借助多个领域把健康的户外理念传递出去。

目前，国内在这一领域还没有标准的样板和案例，我们也希望将这个模式创新出来，把安全教育、户外体验、职业体验结合到一起，做一些系统性的教育管理。

城墙跑，让西安跑起来

2015年4月16日晚上7点，夕阳西下，晚霞逐渐褪去，霓虹灯鱼贯亮起，西安街边的餐饮店里灯火辉煌，人头攒动，结束了一天工作的人们，沉浸在一种松懈而慵懒的生活氛围中。

这时，西安的城墙、浐灞湿地公园、大明宫遗址公园、曲江南湖公园、唐城墙遗址公园却是另一番场景，一场壮观而盛大的同时约跑活动正在热情和活力中展开。

这个城市中的一些人，带动着这个城市的一部分脉动，让西安开始跑起来了。

这场特殊的同时开跑活动是为了纪念城墙跑团成立一周年而发起的西安全城总动员。跑者就近选择地点，在西安的中心城墙以及东南西北同时开始。

城墙跑团，自2014年4月16日开跑以来，每周三下午六点半、每周六早上六点半准时约跑，无论严寒酷暑，风雨无阻，从未间断，坚持了整整一年，已进行了103圈，累计1545公里。

而截至2016年8月底，城墙跑团已进行了236次，累计超过

3200公里。

这一切源于城墙跑团所有跑友共同的坚持，因为我一直坚信，人要输，总归是先输给了自己，暂时的得失不是输，真正的输是自己对自己丧失了进取的信心。

日本作家村上春树曾这样写过自己的跑步过程：“一开始，跑上20分钟我就会喘不上气，心脏咚咚地猛跳不止，两腿也开始发抖。甚至只要有人看我跑步我都会觉得不自在。但是我把跑步当成像刷牙一样的必做之事来每天坚持，因此我的进步非常快。过了不到一年时间，我就跑了个人的第一次马拉松，不过是非正式的。”

像很多人一样，村上春树跑步也是从痛苦开始，但是他最终用耐力和习惯超越了痛苦，并将其作为一种生命的固定仪式。

我很欣慰，有这样一群人，他们用坚强的跑者形象，去面对将要经历的工作和生活。

不知为什么，人内心中的懒惰和恐惧总是会将自己带入一个永无止境的空洞中，而当脚步开启，我们的身体和心灵便重新获得了无穷的能量，感觉身体的细胞被打开，身体变得轻盈，加速的时候，就会想要飞起来。

同时，跑步过程中，身体会分泌多巴胺、内啡肽等物质，它们是人体的“快乐因子”，非常有助于缓解不适并产生愉悦的情绪反应。

我虽然脚跟有点问题，但仍然会定期跑步，我能感受到自己跑完之后愉悦的心情，我更能看到每次参加完城墙跑之后，跑友们脸上露出的发自内心的笑容，那正是我所乐意看到的。

回想自己当初发起城墙跑的初衷，就是为了带动更多的人开始跑步，开始健康生活，让他们脸上流露更多的笑容。

而之所以选择城墙作为跑道，一方面是因为它是中国保存最完整的古代城垣建筑之一，城墙每圈13.74公里，可以满足一般人的跑步里程，另一方面，西安的城墙边上没有进行太多的商业化开发，平时人比较少，给我们提供了一条独一无二的跑道资源。

长久以来，城墙是西安这座城市的符号和象征。很大程度上，西安人对于城墙的印象和记忆都是古老和历史的东西。从隋唐皇城算起，西安古城墙已经有1400多年的历史，从明初扩建府城算也有600多年历史。

城墙似乎与现代生活没有多少联系，我希望通过城墙跑这样的活动，让每一个跑者的存在赋予古老的城墙新的活力，让跑者和古老的城墙一起成为西安这座城市一道绚丽的风景线。

我曾经多次在城墙下散步或者跑步，甚至零下十多度时在城墙下跑步，刚开始，裸露在外的皮肤冰凉，而跑过一段时间后便开始发烫。我也曾穿着“红辣椒”花裤子跑步，我喜欢这种鲜艳的颜色带来的活力感。

登山和跑步让我的体质变得越来越好，甚至冬天有时候只穿一件衣服也不觉得冷。我曾戏谑道："我平时穿的就是皮衣，我的身体就是真皮皮衣。"

为了让更多人体会到运动带来的健康和快乐，我希望将城墙跑发展为一个惠及普通民众的健身活动，所以我们不设置名次与奖励，跑友可根据自身情况选择参与四分之一程、半程或全程，男女老少都可以根据自己的身体情况进行不同强度的锻炼。

活动每周三下午六点半和每周六早上六点半开始，从顺城巷文昌门开始出发，绕着顺城巷，穿过西安的东西南北门，最后到达终点文昌门。

很多跑者曾这样说：如果不是跑步，他们甚至不知道西安的城墙除了有四座主城门（东门长乐门、西门安定门、南门永宁门、北门安远门）外，还有其他城门。

从民国开始，为方便出入古城区，西安还先后新辟了数十座城门，至今西安城墙已有城门18座。

每周三和周六的同一时间，能够感受每次晨光与日落的些许变化，以及城墙美景在四季中的更迭，唯一不变的，是大家永不停息的脚步、急促的呼吸声和滴落的汗珠。

为了让城墙多一点色彩，吸引更多人的参与，绿蚂蚁设计了荧光绿色的城墙跑专属T恤，为参与跑团活动累计达到一定次数、带动身边朋友跑步、代表跑团出征国内外大型跑步赛事以及对跑团做出突出贡献者提供。

从城墙跑团成立至今，参加人员从刮风下雨时的俩人到天朗气清时的百人不等，平均每次人数在40到50人，并不断裂变出曲江小分队、大明宫小分队、汉城湖小分队、浐灞小分队，微信官方群已达上限，7个微信分群活跃人数都在百人以上。

让我记忆犹新的是，2015年4月4日，西安城墙跑团迎来了成立以来的第100次跑，跑友们用接力绕城墙跑100公里的形式庆祝，按照城墙每圈13.74公里的里程计算，庆祝活动要绕城墙跑7圈。

那次活动，共计有近100名跑友参加，完成100公里接力跑花费了近10个小时，这是唯一一次全天举办的城墙跑活动。

除此之外，还有很多让我印象深刻的城墙跑活动。

2014年8月23日，城墙跑团携手阿迪达斯、《华商报》举办了“城墙跑·让西安跑起来”大型活动。

活动现场，200名跑友身穿阿迪达斯为本次活动提供的金色战袍，瞬时将顺城巷点缀成一片流光溢彩的“黄金海洋”，这当中不乏跑过半马全马的运动达人，玩过登山越野的酷炫高手，也有初出茅庐结伴而跑的小伙伴。

2014年10月25日，举行了TECNICA城墙狂欢日变装秀活动，文昌门内，200多名跑者穿上“兵马俑”“蜘蛛侠”等样式不同的服饰，一起奔跑。

还有一次“荧光作伴·跑亮城墙”活动，每个人的脚上戴着荧光圈，脚步的律动伴随着色彩的斑驳，让城墙的夜晚有了别样的感觉。

除了这些特殊的场景，更多时候，我们看到的是巍峨的城墙下奔跑的身影，他们让古老的城墙增加了一抹亮色。

让我更感荣耀的是，城墙跑团还参与过一些重大赛事活动：2014年太原国际马拉松第一次团体参赛、2015年百人参加杨凌国际马拉松、出征法国安纳西越野赛、作为主办方参加秦岭50km国际越野赛。

跑步爱好者说，通过跑步，他们不仅锻炼了身体，认识了新的朋友，更了解了一个全新的城墙。

“我从小在西安长大，今年快40岁了，但是之前从来没有走过一整圈城墙。通过跑步，我看到了城墙的全貌，看到了更多的关于这座城市的生活细节。”跑步爱好者王先生说，“尤其是早晨的时候，路过很多早市，看到的全是生活的气息，觉得很舒服，也很幸福，西安城墙全世界独一无二，我们有全世界独一无二的跑道，不好好利用就浪费了。”

许多城墙跑的参与者表示，他们以前很少跑步，偶尔自己一个人跑，也不会坚持很久，现在大家一起跑，相互鼓励，会跑出自己之前都想象不到的距离。

我也常说，参与城墙跑的条件很简单——来就行。

来参加跑步的大都是普通市民，有男有女，有老有少，不少人也是第一次参加。刚开始的时候，参加的人很少，有一次下雨，只有两个人来了，后来大家通过网络和微信传播，知道的人也越来越多，现在每次都有近百人参与。

城墙一圈将近14公里，全部跑完其实很困难，所以我们并不是让每一个人都跑完全程，我们设置的四分之一程跑和半程跑就是为了让大家量力而行。不过让我们感动的是，很多时候，那些之前看上去坚持不下去的人，最后都会跑完全程，虽然有时候需要三个多小时，但是只要能够完成，就是很了不起的。

生活中也许有太多的理由让我们停下，但有一种信仰和习惯从未缺席，城墙跑团从成立至今每周三和周六的固定约跑从未间断。

你跑或不跑，城墙就在那里，13.74公里看似遥远，但当你与大家一起跑步时，你会发现它其实并不遥远，你会发现你的能量超乎你的想象。

城墙跑团正在通过努力，让更多的人开始健康生活，让西安跑起来。

城墙跑团的主题跑活动：变装跑

秦岭超级越野跑

2015年10月18日凌晨四点钟，海拔477米的秦岭高冠瀑布景区还处于一片寂静和黑暗中，来自全国各地的145名跑者穿着比赛服，在激越的音响声中，与教练一起做拉伸运动。

看到这一幕时，一种感动在我心底油然而生。

他们正在为一场真正意义上的越野跑做准备，早晨六点半，他们将从这里出发，一路跑到海拔2628米的秦岭之巅，全程50公里。

前38公里累计海拔高达2606米，不仅需要涉水翻山，还有长达1公里多的超长爬坡，更有在石壁上开凿出来的约20厘米宽的古栈道，对选手的体能和毅力都有很大的挑战。

为此，我们在参赛资格中要求选手参加过两次以上半程马拉松比赛并顺利完赛，年龄要求在18岁以上，60岁以下。

伴着朝霞逐渐在山边升起，秋日的高冠瀑布逐渐呈现出完整的轮廓，树木染上了一层金黄，跑者将一路在山间奔跑，一路欣赏秦岭最美的金秋山色。

5、4、3、2、1……145名参赛者一起呐喊着，在鸣枪声中冲出围栏，开始奔跑。乡村公路、土路、山野小径、古栈道、古刹、山间小溪、吊桥、森林防火道，赛道前所未有的虐心。

随着海拔越来越高，部分赛道就在河道上，参赛者只能在石头间穿行、跳跃。巨石缝隙和涉水赛段中，他们用脚步丈量和亲近着秦岭这座父亲山的巍峨和险峻。

考虑到选手的需求，大赛组委会共设置了7个补给点，提供能量棒、功能饮料、水果等，为选手提供充足的能量补给。

正如生活一样，艰难的道路中也充满了美景的慰藉。奔跑途中经过的主要赛段大寺村，素有“秦岭的香格里拉”之称。

大寺村周围山幽谷静，溪水潺潺。河流顺势，道路徘徊曲折，翻山过水，忽而海阔天空，忽而遮天蔽日，穿行其间，乐而无穷。金秋十月，大寺村的秋景更是美不胜收，层林尽染，仿若山水画卷。

经过12个小时的激烈角逐，下午六点半，中国·秦岭50km国际超级越野跑落下帷幕，所有参赛者安全抵达。来自河北邯郸的顾冰获得了此次比赛的冠军，第一个到达了终点——秦岭分水岭。

赛事结束后，天空突然下起了小雨，此刻的我暗暗庆幸，终于可以长舒一口气了，近5个月筹备和策划过程中，所有的恐惧、忧虑、担心终于消失了，所有的困难都永远地留在了昨天与过去。

那是在2015年6月初，我参加了法国的87公里越野跑，因为脚跟有问题，只跑了43公里多，大概一半的距离。

回来后，我觉得陕西也应该有这样的体育赛事。健康、活力、激情这些东西大都是通过体育运动和赛事传播的，一个人的健康、活力、激情可以通过运动来体现，一个拥有几百万人口的大城市的活力与激情如何体现？我觉得要通过一个大的项目进行运作。

陕西作为一个文化大省，体育文化不可或缺，同时，陕西又坐拥秦岭这一得天独厚的自然资源，用越野跑赛事打造秦岭山地运动旅游品牌，可以实现旅游经济、体育运动、文化产业的融合发展。

同时，以赛事为引领，加快发展陕西越野跑运动，打造出国内外知名的本土体育品牌赛事，推广全民运动的概念，带动起健康运动的潮流，是我发起秦岭越野跑的目标。

想法出现后，我内心特别激动，下一秒，又有了诸多担心：资金从哪里来？线路怎么设计才最合理？安全如何保障？……

我大致做了一下估算，资金算下来少则几十万，根据以往经验，有三种途径：找政府，找赞助，或者自己承担。

起初我打算找政府合作，随后考虑到赛事存在一定风险，政府可能会对此有顾虑，另一方面，赛事还没有开始举办，整个团队的策划组织和执行能力并没有得到验证。

我后来认识到，政府看见你做成功了自然会信任你，而不是你拿一个策划书，说“张局长，李局长，看看能不能用”。计划没用，我们就先干，刚开始规模不大，最主要的是要做成功。

于是，我们努力找赞助，剩下的绿蚂蚁来买单。另一个让我担心的就是活动安全问题，我们前期探测线路，发现部分赛道需要涉水、紧邻悬崖，甚至会偶遇山间野兽，因而在救援方面需要尤为谨慎。

为保证选手的安全，最后我们特别邀请西京医院的直升机、陕西斯迈通航直升飞机公司、西安家庭医生呼叫中心等参与救援。

“飞一趟几万块钱，我们都没敢对外宣传，不然赛事完了我们也破产了。”我曾这样调侃道。

因为赛段绝大部分在秦岭无人区，除了偶尔路过的驴友，可谓人迹罕至，为了防止参赛选手迷路，我们在容易迷路的区域设置了固定的指示牌，并且让每位选手随身携带GPS导航。

整个赛事下来，总共花费了五十六七万，实际上绿蚂蚁投入的不到十万，其他的都是赞助，包括物资、衣服等，我曾戏谑地说：“都是拿我这张脸蹭的。”

我也顾不了那么多了，只要能把这事干成，蹭脸怕啥，敢蹭也是一种本事。

在广告宣传方面，陕广电916作为合作方全情投入，绿蚂蚁也没花一分钱，他们算下来共需要200万的广告费，但最后他们反而给了我们一万多，因为他们拉了8万元广告费，给了我们15%的补助。

除此之外，让我感慨的还有秦岭高冠的一个人，他看到大清早四点钟，那么多人放音乐在那里热身，被这样的情境所感动，问我：“我们还能为你这赛事做点什么？”

我说：“非常感谢了，门票什么的都免费了。”

最后，他给了我5000块钱作为赞助，我很是感动。

赛事结束后的七点多，阴了一天的山里，淅淅沥沥的雨滴落下，山里最怕下雨，当时正值十月中旬，队员如果失温，冻死或者产生幻觉等事故都有可能发生，而这时的我终于松了一口气，因为所有的队员都已安全返回。

整个活动最终的结果让我不禁感慨：只要做事足够坚定，老天都会帮助你。

在我看来，我们真正做赛事就像爬山一样，要勇于挑战自己。看似只是一天的时间比赛，但前期各项事宜都很繁琐，生怕忘记一些事项，吃的喝的住的用的每一样都不能少，每天也感觉时间跑得特别快。

陕西广播电视台交通广播、西安市户外运动协会、西安绿奥旅游项目策划有限公司、西安冰岩探险旅行、陕西狼人山地特训队和众多媒体与绿蚂蚁并肩作战，只为用心办好陕西历史上第一次真正意义上的国际越野跑活动。

2015年10月24日，我对中国·秦岭50km超级越野跑进行了总结：赛事并不完美但是很用心，五个月前的想法变成现实，用最短的时间整合最多最好的资源，环保是比赛的核心之一，为确保不留任何赛事垃圾，有专人负责清理回收，没有发生任何重大事故。

让我们欣喜的是，中国·秦岭50km国际超级越野跑被评为“2015最具影响力越野跑赛事”，并且赛事获批成为国际越野跑协会（ITRA）授权的UTMB积分赛事，2015年参加50km并且完赛的选手可获得积分，积分达到一定程度，将有权利参加这一世界级的赛事。

UTMB，全称环勃朗峰超级越野赛，作为世界上最著名的越野赛事之一，在壮丽的阿尔卑斯山脉举行。比赛线路穿过法国、瑞士和意大利三个国家，环绕勃朗峰整整一周，全程160多公里，累计爬升9000多米。这么“虐”的比赛，却还一票难求，每年只有2000多个幸运儿能够亲身体验这一场越野跑盛会。

越野跑，是路跑和登山的完美结合。只进行路跑会逐渐失去兴趣，而登山无论是门槛还是危险性都很高，越野跑的出现则可以很好地将二者结合，从而满足更多人的需求，也让我们有更多的体验。

“秦岭50”作为陕西第一个越野跑赛事，让陕西人民在真正意义上认识了越野跑赛事，对越野跑在陕西的传播起到了关键作用，而其最大的意义是让全国的跑者认识了陕西，认识了秦岭，也为以后的赛事举办积累了经验。

2016年8月1日，2016 KAILAS·中国·秦岭超级越野跑——太白山100km（58km测试赛）圆满落幕。

比赛起点设在了太白县柴胡山村，终点在周至老县城，全程58公里，平均海拔3000米，累计拔高超过4000米，穿越秦岭最高点——海拔3771米的拔仙台，纯山地赛道占全程的75%，期间要穿越很多石海，37名勇敢的选手参与了此次测试赛。

本次58km测试赛将为中国秦岭·超级越野跑组委会提供最精准的数据，为2017年的中国·秦岭超级越野跑——太白山100km成功举办打下了坚实的基础。

中国 · 秦岭超级越野跑太白山100公里

“活力长安 发现古都”城市定向赛

2016年5月7日上午八点，大唐芙蓉园内的紫云楼广场已经人山人海，天空中飘着星星点点的阴云，却很清亮，上千人的队伍均穿着荧光绿T恤，场面颇为壮观。

这是“活力长安 发现古都”城市定向赛的比赛起点，定向赛设置了历史、文化、美食、运动、地标五大类各具特色的比赛路线，由30个点标串联而成，参赛者将在不同的地方完成不同的任务，从不同的角度去触摸西安这座他们所生活的城市。

从上午八点半开始，上千人的队伍根据自己选择的主题线路，5人为一个团队，开始奔跑在西安的大街小巷、百景十镇，在最烧脑的城市游戏，最有趣的路线设置中，感受城市脉搏，发现城市故事。

贴上工作人员写的文案，看看线路够不够有趣？

【历史之路】寻找半月、秦始皇、汉武帝、杨贵妃，脑洞大开，和他们做游戏，拼智慧，比才华。你敢挑战唐朝诗人的传世名篇吗？你能破解千年的历史谜题吗？最烧脑的历史游戏，最有趣的历史路线，可以靠才华，可以问度娘，这里不拼颜值！

【文化之路】去看校园青涩的妹子，去听汉子嘶吼的秦腔，去找文化遗落的因子。将百年老店挑落马下，将千年古迹抽丝剥茧；古老的部落和近代的文化亲密接触，闯关扑朔迷离，游戏足够创意。有没有文化，有没有文凭，都没关系，足够胆量你就来！

【美食之路】吃货最担心的问题是什么？是没有美食可以吃！然而作为陕西人，应该从来不用思考这个问题！毕竟我们有油泼面、臊子面、羊肉泡、肉夹馍、粉蒸肉、甜镜糕、桂花酒、酸菜炒米、灌汤包子等每天换样吃一年不重复的三秦特色小吃！再加上烧烤的热情、川菜的劲爆和回餐的口水直流，这真的是一条“越跑越撑”的路，也是一条“越跑越幸福”的路，更是一条让人欲罢不能无法拒绝的美食High路！不说了，小编先去跑了！

【运动之路】一说到“运动”，大家想到的基本上都是跑步。跑步固然好，但难免落俗套！运动本来就是游戏的一种方式，是一种强身健体的游戏，为什么就不能像其他游戏一样有趣一些呢？这一次运动之路就来满足你奇趣健身的要求！各种你想不到的运动小游戏在等你和你的队员来挑战，不仅要靠体力，还要靠智慧——四肢很发达，头脑不简单！

【地标之路】要说什么地标最能代表长安，那得争个三天三夜。为了避免这种傲娇的争端，我们把最能代表长安的几个地标一起放到了地标之路的线路里！跑这条线路，除了运动装备，自拍杆也是必须要带上的！和长安的各个地标合影，那就是和数千年历史合影，和中华文化之变迁合影，意义重大。地标标记大地，大地孕育城市，城市的灵魂就是你我，带上自拍杆踏上地标之路，和城市来一场灵魂之旅吧！

总之，五大玩味主题路线中，历史之路，尽观汉唐文化之纷繁壮丽；文化之路，感受千年长安之时代变迁；美食之路，品味回汉珍馐之天赐美味；运动之路，体验奇趣运动之酣畅淋漓；地标之路，领略长安美景之气象万千。

因为本次比赛全程无规定赛道，并且线路穿越了整个西安市，参赛队伍在活动中除了徒步，可以借助市内公共交通工具，但是仅限公交车和地铁。

所有参赛队伍在规定时间内，需按照参赛手册及任务书提示，集体依次穿越活动指定的城市点标，并完成相关任务，以用时少、任务全部完成者为胜。

天公不作美，下午时分，天空下起了淅淅沥沥的小雨，但风雨阻挡不了他们的步伐，选手们在雨幕中奔跑的身影，成为西安这座城市最具活力的表征。

下午两点半，“活力长安　发现古都”2016西安城市定向赛在初夏濛濛细雨中落下帷幕，但我们的活力从未停止。

这是我们首次在古都西安尝试的一场城市定向赛活动，是一项世界性的休闲健身活动，是一场融运动、竞技、休闲、健身、城市畅游于一体的比赛，集参与性、竞技性、娱乐性、趣味性于一身。这种活动在全世界162个国家的几千个城市中都有开展。

城市定向赛在繁华都市里设立起点和目的地，参赛者以规定的站点参加活动，集体结伴，通过喧闹的街道，静谧的社区，穿越城市历史，感受城市脉络，倡导一种健康、时尚的休闲方式。

城市定向赛这样一种赛事，在其他城市已经较普遍，比如上海已经举办过上万人参与的城市定向赛了。而西安作为陕西的省会，之前还没有举办过这样的一种凝聚人心、分享欢乐、参与感极强的赛事。

我认为一个城市的文化、历史以及活力需要通过这样的赛事体现出来，并且通过城市定向赛这样的趣味性赛事，可以让住在西安很多年的朋友，参与到发现西安新活力的活动中来，从中得到很多乐趣，也更能将西安的城市魅力展现出来。

事实上，城市定向赛并不是严格意义上的专业跑步运动比赛，它更强调的是大家的参与。这是一场“以城市为赛场，以公共交通为赛道，以到达目标点标、完成指定任务为规则”的城市发现之旅。

我们此次在前期安排中，一方面着重线路的规划，一方面着重每个任务的具体规则，这都需要我们团队一次又一次的讨论。每条线路上的每一个任务，都是在我们工作人员反复的讨论，亲自实践尝试过后，又一次次修改，最终确定的。

在每个线路的任务中，需要完成一些相关的运动项目或者活动，比如运动之路中的投篮球任务，或是美食之路中的吃泡馍任务等，这些活动的设置原则是强调趣味性、团队配合等，同时要体现城市特色。每条线路都有自己的特点，美食之路体现西安的美食，而地标之路则体现西安的城市地标。

任务的难度不能过难，总体还是要体现趣味性，但完成任务的时间限制也是一个十分重要的设置。时间限制过短，害怕参赛选手不能完成任务，时间限制过长，则可能会产生选手拥堵的现象，影响整个赛事的流程，于是我们最终决定任务必须是能在3分钟内完成的。

比如，美食之路中的一个任务，是参赛团队在老白家泡馍5个人吃一碗泡馍，而不是5个人每人都要吃一碗，有乐趣还能保证赛事时间。

所以，每个任务的规则确定、时间限制，看似是很细小的事，却关系整个赛事的成功与否。

在赛事过程中，也有太多的考虑和担心。如赛事开始前，担心当天的天气如何，天气不好是否会影响选手的参赛；赛事进行中，又担心参赛选手在各个线路是否安全；在等待选手陆陆续续到达终点时，又在担心颁奖环节的安排；同时，也在担心有突发状况的发生……

从早上6点到下午4点半，将近11个小时，我一直在担心，直到赛事圆满结束，这颗心才放下，也才感到了累。

在赛事过程中大家在每个线路发现了西安的魅力，也发现了很多以前不知道的地方和美食，这就达到了我们的初衷，充满活力地去发现西安这座古都的魅力！

下一次的西安城市定向赛，我希望规模更大、参与度更高、影响力更大，做到8000到10000人次参与，让更多普通西安市民参与其中，切身体会与发现西安的魅力与乐趣。

这次城市定向跑我们在名称上并没有加入绿蚂蚁，但我希望更多人为这个品牌骄傲，每次赛事我们的定位都比较高，就是希望能够真正打造西安、陕西乃至全国性的赛事名片，拉动体育旅游经济，带动文化传播。

在这样的过程中，我也开始让绿蚂蚁与这座城市的文化之间发生关系，城墙跑、越野跑、城市定向赛都是通过我们的一点点微薄之力，去改变这个古老城市的一点一滴，为它带来更多的激情和活力的实际行动。

也是在最近两年的赛事运营中，我更深地体会到，除了店铺和俱乐部之外，赛事运营和策划等也将成为绿蚂蚁未来发展的一个重要方向。现在绿蚂蚁的商品销售和活动销售是10：1，当活动销售和商品销售占比达到10：1时，绿蚂蚁就真正转型成功了。

战略层面，绿蚂蚁更多地介入生态旅游，同时随着国家体育产业的发展，中国体育产业也赶上了前所未有的好的机遇，绿蚂蚁也有了越来越多的机会，经过这些年整个品牌价值的积累，绿蚂蚁有望成为我国最大的户外体育事业运营管理公司。

净水鸟

他们是“净水鸟”（一）

2016年5月28日上午，陕西省体育场的绿蚂蚁户外用品店面门前，人头攒动，熙熙攘攘，100多名环保志愿者在这里举行第十二届“净水鸟”公益环保活动的出发仪式。

环保志愿者将从这里出发，历时4天3夜，翻越秦岭山脉最高峰——海拔3767米的太白山，徒步穿越100多公里的深山老林，捡拾太白山南坡的垃圾，为太白山做一次大扫除。

上午11点，来自全国各地的100多人的队伍浩浩荡荡地出发了，他们中有参加过很多次净水鸟活动的志愿者，大多数则是把第一次户外经历献给了绿蚂蚁净水鸟活动。

李成新就是这样一位志愿者。朋友之前曾邀请过他多次，随着年龄的增长、阅历的增深，他坦言，自己越来越能够放下繁琐的公事，越来越能客观地看待自己，去尝试做一些真正喜欢的事情。

儿子子木参加完小升初考试，就被他的爱人送到了绿蚂蚁集合地，这天恰逢儿子生日，选择这一天出发，对李成新而言尤其具有纪念意义。

车辆渐渐远离喧嚣的都市，视野更加开阔，整个队伍也变得安静起来。经历了近6个小时的奔波，旅游大巴将队伍送到了黄柏塬附近的一个入山口，100人左右的净水鸟团队浩浩荡荡地进山，其中还有电视台的记者随行采访拍摄。

大家说说笑笑的过程中，就到了都督门露营地，近5公里的山路，约两个小时的路程对大家来讲还是比较轻松的。

都督门是一个只有不到十户人家的小山村，四周有一些少得可怜的农田，村里通电，但电压不稳，常常断电，几间分散的房舍显得陈旧，但处在大山中却也详和安宁。

晚上，大家搭帐篷做晚餐，李成新吃的是久违了的方便面和煎白吉饼，虽然简单，却让他感到幸福。

吃完晚餐已是10点左右了，环顾夜色朦胧的山野、星光闪闪的夜空，耳边安静得只听得见鸟鸣声，突然间让他特别怀念儿时傍晚在田野间劳动的情景，那时候在夜晚欣赏星星绝对不像现在这样奢侈。

伴随着丝丝凉意，李成新提前钻进了睡袋，在各种昆虫和鸟儿的鸣叫以及大家此起彼伏的酣声中，儿子子木也很快进入了梦乡，尽管有些半梦半醒，但还是比较惬意。

5月29日，吃完早餐，团队就开始收拾帐篷，清理垃圾了，然后就是集体做热身运动，随后朗诵《羊皮卷》中的一节——我沐浴在热情的光影中。

这天是从都督门向老庙子出发，遇到岔路口，走在最前面的领队飞鹿就会将红丝带系在树上，留下红色路边，收尾的领队再将红丝带取下带下山。

每个人都背着20公斤左右的食物和装备，穿密林、蹚溪流，负重拔高，无法形容的累，这时路途中美丽的高山杜鹃、独自盛开的芍药花带给大家一抹温暖的安慰。

负重徒步20多公里，经过大约十个小时的翻山越岭，志愿者陆续抵达老庙子营地，这里不仅有充足的水源，还有宽阔的场地供驴友们扎营休息。

当许多大人都累得无法动弹时，8岁的特特却开始在附近捡拾驴友丢下的废气罐、饮料瓶、食品包装袋……一会儿就装满了一大环保袋。

“老师都说不能乱扔垃圾，这样就好看多了。”看到自己四周的垃圾被捡拾干净了，特特才满意地坐下来。

特特名叫赵博晨，是一名小学生，是此次队伍中年龄最小的志愿者。他虽然年纪小，却一点儿不娇气，在攀爬过程中，看到落在后面的叔叔阿姨，还会主动去帮忙，聪明懂事的他成了队伍里的小明星。

特特的爸爸赵子光说，为了确保特特这次能顺利走完全程，自己提前一个月对儿子进行了特殊“拉练”，有时间就带着特特跑步，增加体能。

“今年是第二次参加净水鸟活动了，去年带着大女儿来，今年带着特特来，让他们多接触大自然，多参加公益活动，这样的教育要比课堂教育深刻得多。”赵子光说。

在志愿者队伍中，10岁的小女孩福宝也格外引人注意，更是被许多叔叔阿姨封为“女神”。

福宝和爸爸鲁军参加此次活动，都是因为妈妈高磊的强烈要求。

“我们完全是被她妈妈忽悠来的。”从事IT行业的鲁军表示，妻子去年第一次参加了净水鸟活动，因为活动量巨大，回家后双脚大拇指指甲全部坏死，他以为有了这么惨痛的教训，高磊不会再上山了，没想到今年春节后，高磊就开始给他做思想工作，打算带着福宝一起参加净水鸟活动，更是在两个月前就给福宝服用红景天，克服可能会出现的高原反应。

拗不过妻子，鲁军仔细考虑后，觉得这样的活动对孩子或许是个很好的教育机会，于是一家三口报名参加了今年的活动。

晚上，寂静的山野，明亮的篝火，刚抹上奶油的生日蛋糕，星星点点的头灯作为生日蜡烛，大家一起把寿星们围在一起，一起唱着：“祝你生日快乐……”

这是领队们特意在老庙子为这几天过生日的队员们过集体生日，蛋糕是从山下背上来的，奶油是现场淋上去的。

李成新想，这应该是儿子子木过得最特别的一个生日。

5月30日一早，志愿者们到达了海拔3100米的老庙子营地，在美丽的蓝天白云下，志愿者们捡拾垃圾，并将气罐压扁以方便带下山。

净水鸟活动举办了12届，领队王小波参加了9届。在穿越太白山途中，因为地势开阔、水源充足，老庙子是穿越太白山的固定宿营地之一，但这里也是垃圾最多的地方，塑料包装袋、饮料罐、燃料气罐随处可见。

因此往年这里的遗留垃圾也通常较多，但今年的垃圾明显比去年少了很多。“往年到了这里，帐篷都没办法搭，一百多号人得先清理好一阵的垃圾，今年情况还能好一些。”

王小波表示，气罐、饮料罐是最常见的垃圾。去年活动，仅老庙子营地就捡拾到近千个气罐，但今年，这里只有几十个气罐。

薛涛今年50岁，或许因为经常参加户外活动，他看上去要比实际年龄年轻许多。当队伍集结准备从老庙子营地向大爷海出发时，薛涛原本就不轻的行李上又多了一个蛇皮袋。

“这里面大概有二十多个气罐，还有四五十个饮料罐。”薛涛已经是第四次参加净水鸟活动了，他每年上山时都会带几个蛇皮袋，专门用来捡垃圾。

“今年来看，不管是沿途还是宿营地，垃圾明显比往年少了，这说明我们的活动还是有作用的。”薛涛说，现在参与户外运动的人多了，扔垃圾的人多了，捡垃圾的人也多了，这一点让他很欣慰。

“大家都喜欢爬山，只有山干净了，才有更美的风景，一个人能

妻子张静在尼泊尔

捡的垃圾有限，但希望能身体力行地去感染更多驴友。”

薛涛说，从第一次参加净水鸟活动，深刻了解到垃圾对于秦岭的伤害后，自己每次进山都会把一些不容易降解的垃圾带下山。“每个人都参与一点，就会感染更多的人加入其中，保护好大自然，为子孙后代留一些美好。”

从老庙子出发，需要途经跑马梁才能到达太白山顶部拔仙台北侧海拔3590米的大爷海，15公里的跑马梁，全是望不到尽头的石头。

海拔不断升高，行走也越来越困难。除了自身负重30公斤左右的行李，几乎每个志愿者身上都背着垃圾袋，艰难地攀爬在陡峻的岩石间。

为了保存体力，一路上大家都不太说话，仅仅说一些简单的问候或者关心的话语，然后就是分享一些零食。

儿子子杰到后来都不想走了，只要一休息就立马往地上一躺。虽然是在疲惫中默默穿行，但偶尔看看山顶的风景，大雾从山下的风口涌起，蓝天和白云，非常的漂亮，也得以让他开心起来。

到了下午4点左右，天慢慢阴了起来，温度也逐渐降低，李成新生怕下起雨来，因为穿的衣服不防雨，他便加快了脚步。快到大爷海时，风大了起来，特别冷，由于海拔较高，一些人出现了头疼的症状，李成新也开始浑身发冷。

5月30日晚上7点，经过近10个小时的徒步跋涉，100多名志愿者全部到达营地大爷海。长期行走带来的疲劳，在看到大爷海营地时瞬间消散了。

他们是“净水鸟”（二）

到达大爷海时，让李成新最难忘的是迎接他的一碗热腾腾冒着香气的酸汤面，外加一个馒头。一碗下肚，冰冷的身体感受到了久违的温暖和舒服。

“现在想起来，都觉得那碗面特别好吃。”回来后很久的李成新依旧念念不忘。

这碗面是老程和他妻子做的，对于穿越过太白山的很多驴友来说，最美味的食物莫过于到达大爷海时，老程端来的一碗酸汤面。

老程是山阳人，自小在山根下长大，17岁时，离开家来到太白山讨生活，在附近的庙里给人帮忙打杂，帮上山的人当背工、带路。看他勤快又本分，太白山自然保护区决定让老程帮忙干些杂活。

用老程自己的话来说，这几十年来，自己几乎跑遍了太白山的每个角落。2006年，进山的驴友越来越多，为了更好地保护大爷海及周边水源地，同时考虑到驴友们的安全，太白山自然保护区在大爷海附近建起了几间活动板房，供驴友短暂歇息，老程则成了这里的“负责人”。

在此前，老程一直在大爷海附近搭帐篷居住。荒山野岭，风吹雨淋，有时风大得能把人吹走。

现在，这个活动板房成了驴友之家，但凡打算穿越太白山的驴友，都会下榻此处，老程和妻子也常年定居在此。

老程的大女儿在眉县打工，小儿子在西安一所技校读书，虽然相隔不远，但由于交通太不便利，一家人只能在春节时见一面，其余时间，老程都在山上呆着，大爷海没有信号，有时想和孩子联系了，老程还要拿着手机漫山遍野找信号。

除了接待驴友、巡山防火外，老程还是太白山救援队的队员，这些年参与过上百次的营救驴友行动，而对于老程来说，日常最主要的事就是捡拾沿途的垃圾。

在老程看来，现在驴友素质越来越高，山上的垃圾一年年在减少，“前几年，光气罐我每年都能捡到上万个，不知道怎么处理，我每次趁着二月下山时雇车送到绿蚂蚁，城里人肯定处理得比我们好。”

老程说，前些年每次送气罐到西安时，自己雇的昌河面包车能装满满一车，现在渐渐少了，去年一年只有一千多个气罐。

距离大爷海最近的缆车乘坐点需要步行五个多小时，沿途陡峭难行，细心的老程在沿途寻找了很多个山洞当作天然垃圾箱。

“爬山背的东西多，不想把垃圾带走也能理解，扔到垃圾箱里就行，最怕那些胡乱扔的，风一刮就吹到了悬崖上，有的根本没办法捡，一不小心可能就摔下去了。”老程说，自己最头疼山崖上挂的塑料袋，“实在不想扔进垃圾箱，拿个石头压住也行。”

到达大爷海之前需要经过15公里的跑马梁，全是一眼望不到尽头的石头，如果没有沿途画在石头上的红色路标，很多人都会在这里迷失方向。而这些石头上的红色路标，全部都是老程画的。小小的红色路标，不仅温暖着每个来到太白山的驴友，也保障了许多驴友的生命安全。

虽然去过得最远的地方就是西安，但老程说，太白山是最好看的山。“六七月，满山都是花，还有杜鹃也开得满山都是，特别好看。”

老程希望越来越多的驴友能来太白山看看，这样自己也热闹，但又怕人群带来的垃圾也越来越多。

“他们这个活动搞了十几年了，对太白山起了大作用，希望一直搞下去，我相信再过个十年肯定就没有人乱扔垃圾了。”老程说的这个活动，就是我们绿蚂蚁组织的“净水鸟”环保公益活动。

老程的故事，让志愿者顿生感激和敬畏之情。吃饱喝足之后，志愿者准备休息了。

山下的人还穿着短袖，山上的积雪却还没消融，大爷海的湖面还结着冰。此时外面下起了大雨，晚上大家睡大通铺，上下铺的架子床，两个架子床拼在一起，上面睡三个人，下面睡四个人。

5月31日早上五点钟，领队告诉大家由于下大雨的原因，不能再登太白山的最高点——海拔3767米的拔仙台了，大部队8点集合下山，早餐只有统一供应的稀饭。

大部队点完名后，大家在雨雪交加中下山，朝下板寺出发。领队要求大家保持一定的速度，不急不慢，一口气走下山，路上太冷不适合休息。

庆幸的是，过了一会儿雨就小了，由于是雨天，李成新一路上只碰到了三个人上山，虽然还有些累，但毕竟是下山，还是坚持了下来。

中午时分，在文公庙吃了个午餐，每人一碗稀饭，一个鸡蛋和一个白吉饼。吃过饭后，李成新感觉舒服多了，而且手机也有了信号，他不禁感慨道："终于又回到了人间！"

"今年带了20多个气罐下山，这是我去年给自己定下的目标。"28岁的桂平说，自己老家在吉林柳河，现在在韩国首尔工作，已经连续参加了三届活动，第一次从内蒙古过来，去年从北京过来，今年专程从首尔赶到西安参加这次活动。

"都说大美秦岭，我觉得秦岭不光美，还很神奇。这个活动特别有意义，能为秦岭做点事，也锻炼了我的意志，还在这个过程结交了许多热爱户外运动，热爱环保的伙伴们，我明年还会来。"桂平说。

来自山西大同的张建强也参加了此次活动，"这次活动，大同户外协会也有很多志愿者参加，去年，我们在山西发起了净水鸟活动，保护黄河水源。”

5月31日下午3时许，所有志愿者安全下山，经过现场清点，此次活动中，志愿者带到山下的垃圾有500多斤。

100多位来自全国各地的志愿者，年龄最小的8岁，年龄最大的62岁，经历4天时间，成功完成了南北穿越秦岭山脉最高峰——海拔3767米的太白山，沿路捡拾垃圾，至此，第12届VAUDE“净水鸟”环保行动圆满落幕。

4天的勇气、执着和汗水，志愿者们经历了老庙子营地的低温、跑马梁的大风、穿越石海的暴晒、3700米海拔的高原反应以及下撤途中的大雨，始终没有一个人轻言放弃，不仅为美丽的大秦岭换了新颜，同时也挑战了自己。

山脚集合地，此时我和电视台的人已经在这里等待了，大部队下来之后有个活动结束的仪式。

每一位志愿者都得到了一份荣誉证书，这张薄薄的纸，是用汗水、毅力以及一颗热爱环保的心换来的。

特特的爸爸说：“原本很担心儿子在途中会坚持不下来，没想到几天行程中，特特不仅捡了好几袋垃圾，还是第一批到达营地的志愿者之一。”

“来之前没想到活动量会这么大，走在路上时一直骂自己为什么要来，可当徒步一天抵达营地时，又觉得这活动还是挺好的。”福宝的爸爸鲁军说：“不只是清理山上的垃圾，对于久居城市的人来说，这次活动也是一次清理身心垃圾的好机会。”

福宝的妈妈高磊在活动结束后写道：

“这次参加净水鸟活动，主要目的是带孩子和先生共同感受大自然的美好，共同领略大自然的力量。

登山过程中，大山一直在给我们不同的惊喜——道路旁浪漫的雏菊，不经意之间看到的小花，胖乎乎的山鼠……

大山同时也给我们警示——被大风刮倒的粗重的树木，山体滑坡掉落的大块石头……

大山又给我们无比的震撼——第四季冰川时代的遗址，险峻沧桑。

当你为了目标翻过一座座山，回头去望，原来路就是这样一步步走过来的。路途中也是惊喜连连，绿蚂蚁团队给孩子们准备了一个大大的奶油蛋糕。

一路上，绿蚂蚁团队不停地捡垃圾，装满了一个个环保袋；让人感动的是队伍中有位62岁的老先生，身背重装仍在坚持捡垃圾……

正是因为有这种精神和满满的正能量，我才会再次参加，也才会带孩子们和家人一起参加。

孩子在这次活动中学会了坚强、独立、坚持，学会了环保，学会了发现美，发现自己的能量。

“净水鸟”公益组织在高海拔地带粗加工废旧气罐

这，是我想要的，也是大家想要的共同的目标——爱大山，爱自然！”

归来后，李成新写道：

“四天三夜的穿越，这是我今生第一次，子木也是一样。

穿越的事情已经过去一周多了，我的腿渐渐不疼了，嗓子也好了，烧也退了，虽然颈椎还难受，但那不是一天两天能恢复的问题。

苏总把我拉入了微信群，看着大家分享的照片，心中除了回忆的美好，还是美好！

很多事情只有你经历了才能体会其中的意义和内在的含义，我觉得生活就是一种体验和感受，而工作之外的体验会使生活更加富有色彩。

此时，我突然想起在山上每天早上的朗读：我永远生活在热情的光影中……

但愿我的生活永远充满热情，就如我一个学生在她的微信签名中所写的那样：每一个不曾起舞的日子都是对生命的辜负！”

当不需要净水鸟时，我们就成功了

2004年，秦岭主峰太白山大爷海边，一只黑背红腹、红尾白顶的小鸟引起了我的注意。

风雨中，它不停地在大爷海的水面上飞来飞去，时而掠过水面，时而停立石间，啄起水面的小草细枝和漂浮物，直到水面洁净时它才离去。

而另一边，大爷海的宿营地，这个以前人迹罕至的地方，近些年因为登山爱好者的造访，多了很多人类的痕迹：垃圾侵蚀着这片净土，空塑料瓶、食品包装袋、废气罐不时出现在我的视线中，长此以往，美丽的太白山将会成为垃圾山。

鸟尚如此，人何以堪？我愤慨的同时，此前心中播洒的环保种子被这只小鸟触发了。

1994年，历时27天，行程560公里，徒步穿越内蒙古巴丹吉林沙漠，一路上，德国探险家一直坚持收集自己产生的垃圾。

我很是好奇，于是便问那位德国探险家为什么要这么做，毕竟徒步探险的负重已经很沉了，每增加一点都是对体能的巨大消耗。

德国人告诉我：“这里虽然不是我的国家，可地球只有一个。”

这句话让我内心深处产生强烈的震动——地球只有一个。从那以后，这句话像钉子一样钉在了我心中，我明白了，环保其实就是从身边的小事做起。

2003年，我以志愿者的身份，奔赴可可西里自然保护区，开展藏羚羊及生态保护探访活动，正是因为看到了藏羚羊生活的环境和很多人对环保的漠视，我才知道健康、环保的生活理念有多重要。

在与当地人的沟通中，我得知，大爷海边的那只鸟有一个特别好听的名字，山民们把它们称为“净水童子”“净水鸟”，传说它是美丽善良、洁白无瑕的仙女的化身，它们生性洁净，不染纤尘，在太白山海拔3000米以上的大爷海、二爷海水面，不停地清理垃圾，不让湖水有半点污染。

“净水鸟”，这个好听的名字让我心生欢喜。登山归来的路途中，我决定要组织一个公益环保队伍去捡拾太白山上的垃圾，像“净水鸟”一样保护秦岭的生态。

净水鸟和我们提倡的环保理念相契合，故以“净水鸟”命名这项公益环保活动。“净水鸟”活动坚持在每年世界环境日前组织志愿者到秦岭主峰太白山进行捡拾垃圾活动，倡导绿色出行——留下脚印，带走垃圾。

因太白山3000多米的高海拔和南坡的独特地形，这里成为了我国成立国家登山队之后的第一个登山训练基地，也是中国登山运动的发祥地、登山爱好者初级攀登阶段的必登之山。

全国各地的登山爱好者都来这里，太白山穿越因此成为中国户外运动的经典线路，垃圾也随之增多。

要把太白山海拔3000米地域的垃圾清理、捡拾出山，普通人是很难担当的，因此志愿者大多是有登山经验的户外运动爱好者——驴友，绿蚂蚁的众多会员也由此加入了环保志愿者的行列。

从2005年第一届“净水鸟”公益活动开展至今，12年里，净水鸟环保志愿者中共有近4000多人次登上太白山，捡拾了大量高山垃圾，对垃圾按照分解年限进行分类，并采用就地掩埋法、安全焚烧法及负重带回等方式进行了处理。

12年里，我们共计捡拾背出山的塑料袋、塑料瓶、食品包装袋等垃圾4吨多，部分就地掩埋或安全焚烧的垃圾重达20多吨，捡拾废气罐3万多个，在太白山上建立环保指示路标600多处。

在绿蚂蚁的店面里，可以看到一面环保墙，不仅有参加“净水鸟”活动的志愿者照片，也有捡来的钉在墙上的废气罐，提醒每个进店的户外爱好者——登山时留下脚印，带走垃圾。

为了鼓励山友进山后带回废气罐，绿蚂蚁制定了5个废气罐换一罐气的环保鼓励政策，12年来共兑换了5000多罐气，承担了八万多元的费用。

2014年，一位农民开着面包车拉着1800多个废气罐来换气，当时让我有点吃惊。

将近2000个气罐，5个换一罐气，有400罐，24罐一箱，差不多要换15到16箱。一个农民，拿着这些废气罐根本没有任何意义和价值；如果换给他新的气罐，我觉得对他来说也没有用，因为他不到山里去野营、露营。

我们的员工也告诉我这个情况，但我想了想，我们要鼓励这些山民做这些事情，要回收这些气罐，不能打击他们的积极性，要让他们持续地去影响山里的其他老百姓。

后来我想出了一个折中的办法，一个气罐给他按15元钱折算，如果有一百个，就按1500元钱兑换，这些钱在绿蚂蚁店里可以换任何他想要的东西，比如鞋、衣服等。

这样，既满足了他穿戴的需求，让他得到了实惠，同时鼓励他继续捡拾废气罐保护环境。“净水鸟”公益环保活动到现在为止每个阶段都有不同的问题和困难，这次终于把这个问题解决了，就会有更多的山民也愿意加入到捡拾废气罐这个活动中来。

与啤酒瓶、汽水瓶回收之后清洗一下可以再灌装不同，这种气罐是国外生产的，而且是一次性的，用完不能第二次灌装，即使第二次灌装也不安全，因而国内目前也没有回收的地方。

现在绿蚂蚁有3万多气罐没办法储存。我们的库房有两大问题，第一是安全问题，第二是存放问题。不过“净水鸟”还是要持续去这样做，不能打击大家的积极性，同时希望更多人能够看到或者加入到“净水鸟”这个队伍中来。

2015年，在南京和上海的户外展上，很多品牌都在展示产品，绿蚂蚁则以“爱山，当仁不让”为主题，将“净水鸟”捡来的气罐做成了10个1m×1m的方铁块展览，引起了很大的轰动。

曾经有雕塑和绘画梦想的我，想到让一些艺术家把这些回收来的气罐设计成一个公共雕塑或者艺术品呈现给大家，这也是我一直在努力的事情，希望让这件事情持续不断地滚动起来。

在做“净水鸟”的这些年里，我也受到过种种不解和质疑。

从2005年开始，坚持了三四年之后，有个同事告诉我说：“蒲哥，我们就不做了吧，只招募了五六个人，人太少了。”

“每个人都应该做力所能及的，从小事开始做起，并不是有了五十个人、一百个人才是‘净水鸟’，‘净水鸟’是一种精神，即使只有一个人也要做，贵在坚持，贵在自然中的净水鸟持续把整个三海湖面保持干净、清理干净。”我很坚决地对员工说。

当很多同龄孩子还在父母的怀抱中撒娇时，我6岁的儿子蒲实就参与了该活动，也成为了这12年里年龄最小的志愿者。

“净水鸟”活动就像滚雪球一样滚了十二年，这十二年间，我收获了很多喜悦，也有很多心酸和困惑，总体而言，这种坚持给我内心带来了很大的力量。

这件事情越来越有意义，现在全国有五个地区每一年同时都在开展“净水鸟”活动，这些有热血、有热情、热爱自然、热爱环境的人都在为大自然做事情。

有人问我："你能把垃圾捡完吗？"我说我确实捡不完。可捡总比不捡好，做总比不做好。也是这样的一种力量，鼓励着我和朋友们一直走到今天。

很多年，一些人觉得我做该活动有商业企图，网上也有一些人说我在炒作，但随着我十二年来不断地坚持，这样的声音越来越少。

我觉得一个人做事情只要对得起良心，真正持续地去做你喜欢的事情，自然而然就会有人理解。

2015年度中国户外金犀牛奖的评选中，有员工问我："为什么没有把我们评比上去，在户外行业里没有像'净水鸟'做公益这么长时间的。"

我淡淡地回答："没有关系，我们做公益做环保，不是为了去拿奖，或者别人给了奖我们才做得更努力，我觉得这是由内而外的，拿不拿奖不重要，重要的是我一直持续去做，我非常热爱这件事情，所以才会坚持十二年的时间。"

我想把"净水鸟"公益环保活动变成一个真正的社会公益组织，属于每一个人的环保组织。因为我是一个喜欢山的人，既然热爱自然，我就想用实际行动为自然环境做点事情。我觉得当一个人做任何事情都是发自内心的，不图回报的时候，很多东西自然而然便会来到。

我一直坚信，当我们的生活中不需要净水鸟了，社会的文明程度很高了，那时"净水鸟"活动才算真正成功了。

净水鸟开始飞翔

在我阳光万丈的祖国

月亮千里的祖国

灯火家家户户的祖国

只有你还没有读过我的诗

只有你未曾爱过我

你是我光明祖国惟一的阴影

你要向蓝天认错

向白云认错

向青山绿水认错

最后向我认错

和搜狐CEO张朝阳一起在太白山捡垃圾时，绿蚂蚁的徐富明老师将俞心焦的这首《墓志铭》稍加修改，面对触目惊心的垃圾，大家一起朗诵“你要向蓝天认错、向白云认错、向青山绿水认错……”

已经参加了七八届“净水鸟”活动的徐富明表示:“现在周末进山的人和车很多，带的东西都是一次性的，吃完后垃圾随手一扔，久而久之，垃圾成堆。我觉得这个活动很好，捡山上的垃圾，也捡拾我们内心的垃圾，看似很小的一件事情，却把我们内心打扫得更干净更纯洁了。”

“净水鸟”的行动感召并提醒山友绿色出行，让全国百万以上的户外出行者们出山时主动带走了垃圾。徐富明感慨道：“令人欣慰的是，经过‘净水鸟’这12年的坚持和广大民众文明出行意识的提高，太白山上的垃圾也在逐年减少。”

之所以坚持做“净水鸟”，还有一个很重要的原因是保护西安市近千万人的水源地——黑河，因为其发源地就是秦岭太白山上的二爷海。

秦岭是中国南北的地理分界线，也是长江水系和黄河水系的分水岭，是两大水系的重要水源涵养地。

西安市周至县的黑河，发源于秦岭山脉主峰太白山的最高峰——拔仙台南侧的第四纪冰川湖泊二爷海，向南流经三爷海、玉皇池、三清池，形成黑河。

二爷海是太白山保存完整的典型冰斗湖，三爷海是一个受断层影响的冰蚀湖，湖面高程海拔3485米，玉皇池是太白山最大的冰蚀湖，湖面高程海拔3380米，从这里渗流出的水就形成了黑河的源头。

自然界中，漂亮的净水鸟在太白山深处保护着西安人的水源。

因之，保护大秦岭，也就是保卫我们的水源地。

徐富明表示，长期以来，一些户外攀登者将气罐、垃圾丢弃在山里，这些垃圾很难降解，造成环境污染；尤其是户外运动者使用过的高山气罐，含有铅、铬等重金属，在山体上锈蚀后被雨水冲刷流入黑河，将会严重影响西安市民饮用水源地之一——黑河的水质；如果被秦岭山里的珍稀动物误食，后果也不堪设想。

“一些垃圾，在山上背不动就焚烧了，气罐必须拿下来，因为生锈了，重金属的离子会融入水里影响水质，水里的重金属也是人类患癌症的重要诱因，而且这里有我们的水源地，对我们的饮水健康有很大影响。”徐富明说，“各大景区河流里的垃圾，也对水质环境造成了严重污染。”

除了水污染问题，在“净水鸟”的影响下，节水问题也得到了徐富明的关注。

他的家乡周至，在过去被称为“金周至银户县”。“金周至”指米粮仓，从秦岭上俯瞰，一到夏天是金黄色丰收的麦田，一到秋天是金黄色的稻田；户县当时给咸阳的几个国棉厂种棉花，春天棉花播种的时候，地膜从远处看是银色的，秋天丰收的时候是银色的，所以被称为“银户县”。

这些年回老家，徐富明发现“金周至银户县”已经不存在了，变成了“绿周至绿户县”，小时候捉迷藏时可藏身的70—80厘米高的小麦已经矮化了，秋天也没有稻田了，只好种苞谷，之前黑河可以将整个周至八十公里平原都灌溉上，现在没水了，不能灌溉。

徐富明小时候吃的就是周至黑河的水，之前村上吃水打井，挖10来米就能饮用到甘甜的井水，现在夏季100米的深井都没有水。在他看来，这是因为把黑河的水引到西安来，没有了灌溉，水也不往下渗了，整个周至的地下水位在不断下降。

“金山银山，都不如青山绿水。牺牲了灌溉的水，暑天农田里都是干叶子。而西安市民浪费水的情况特别惊人，仅西安交通大学一年的用水量就占西安市民用水量的5%—10%。”

因此，徐富明利用德国同学带回的技术，注册了一个节水公司，投资了近300万。

像徐富明一样，“净水鸟”的精神感召着更多的人加入其中。

“净水鸟”的环保志愿者有原万科集团董事会主席王石、搜狐网络CEO张朝阳、著名学者北大副校长陈章良、国家登山队队长王勇峰、云峰基金王滨等，从著名企业家到政府公务员，从学者专家到一般职员，年龄上至68岁，小到6岁……

2009年5月17日10时05分，我成功登顶世界最高峰，伴随着我艰难的脚步，“净水鸟”的志愿者团旗被带上了世界之巅——珠穆朗玛峰！

也是从2009年开始，环保志愿者们的行动有了明显效果，志愿者的队伍不断壮大，太白山“净水鸟”志愿者已过4000人。

“净水鸟”的足迹从太白山走向秦岭72峪，唤醒了众多山友的环保意识，感召了更多的人参加进来。

更为可喜的是，周至县厚畛子镇的村民也加入志愿者行列，他们利用农闲时间，在没有任何报酬的情况下，自愿捡拾太白山垃圾并背下山。厚畛子镇的村民已经成立了村民环保志愿者队，每次活动中，都有数十位村民参加。

近几年来，村民每年自发性地定期上山，义务在游客经过的地方捡拾垃圾，将其焚烧、掩埋或背下山，每年处理的垃圾有2—3吨，山上的垃圾逐渐减少。

此举同样深深感动着每位志愿者。为了支持山民们捡拾垃圾，绿蚂蚁户外用品定期为村民环保志愿者赠送户外登山鞋、冲锋衣等装备，支持村民的环保行动。

2014年是“净水鸟”志愿者组织成立10周年，质朴的厚畛子村民在太白山最高峰的一块巨石上为“净水鸟”环保志愿者立碑，由村民老陈勒碑，纪念这种环保精神。

这不仅是对“净水鸟”环保志愿者的嘉许，也是对环保行动的更高期待，更是对每位上山游客的善意提醒。

“净水鸟”环保志愿者用行动唤醒了更多人爱护自然的意识，除了起初的捡拾垃圾、立环保标语指示牌外，新开发了保护国家珍稀动物、水资源调查、生态考验等新的环保项目。

“净水鸟”的环保精神也激励着动物学家、植物学家、科考院生态专家、《国家地理》等，他们也加入其中，支持“净水鸟”行动。

现在，“净水鸟”已从陕西省影响到了周边的山西、河南、四川等省。“净水鸟”开始飞往秦岭的每个角落，飞向祖国大江南北……

2012年，“净水鸟”宁夏、甘肃分会成立；2013年，“净水鸟”公益环保志愿者山西分会成立；2014年，“净水鸟”公益环保志愿者北京分会成立……

“净水鸟”一开始就像被孵化的小鸟，从开始母体的喂养，到自己扑腾，再到自由飞翔，关注与支持它的人越来越多，从政府到私人企业及广大的志愿者，都是帮助它飞翔的力量。

陕西省珍稀野生动物抢救饲养研究中心、太白山国家级自然保护区管理局、陕西省林业厅、太白山国家森林公园、黑河森林公园、陕西佛坪国家级自然保护区、天津天石等机构和单位，以及新华社、《西安晚报》、《三秦都市报》、《华商报》、《阳光报》、《陕西日报》、《兰州晨报》、《重庆时报》、陕西电视台“勇者无畏”等媒体和栏目的支持，让“净水鸟”更轻盈地展翅飞翔。

12年的坚持，“净水鸟”活动也得到了许多国内知名户外品牌的赞助，如奥索卡、凯乐石、慕士塔格、FOX、VASQUE、天石、《户外探险》杂志等。

“净水鸟”，没有最高峰，只有更高峰！

“净水鸟”，期待飞往大地的每个角落，我们永不停息！

净水鸟“十立方”在南京、上海展出

爸爸出发

爱情之山的孕育

号称“冰山之父”的新疆慕士塔格峰海拔7564米，山头是数百万年前的冰雪，在阳光温柔的沐浴下，耀眼的白色直刺湛蓝的苍穹，在一片沉静深蓝的湖水中，掩映着它洁白的倒影。

慕士塔格峰注定了始终要与爱情联系在一起，关于这座山流传着很多凄美的爱情传说，巍峨高雅的它，早就被塔吉克族的青年男女看作是纯洁爱情的象征。

很多人第一次知道“慕士塔格峰”应该是读《白发魔女传》时，那是满头青丝的练霓裳一夕之间化作白发魔女后隐居疗伤的地方，也是愧疚一生的卓一航终生为深爱的她守候奇花的地方。

这样的山峰，的确就该是守护真情的圣地，爱情也罢，亲情也罢，都该像它那样纯洁。

正因如此，一些情侣和夫妇选择了一起攀爬上这洁白的童话世界，在7564米的高度，留下他们爱情跋涉的脚印。

我和妻子张静正是其中的一对。

对于登山者而言，这里不只拥有美丽和浪漫，更拥有一座伟大山峰至高无上的威严和高冷气质。

2006年7月11日，我和妻子到达新疆喀什。稍作休整后，我们便沿着314国道向慕士塔格峰进发，车辆在帕米尔高原雪山融水形成的深山河谷里穿行。车行至卡拉库里湖，抬眼望去，雪白的慕士塔格峰便矗立在眼前了，在蓝天白云的衬托下，她宛若一个温柔的女子，平静而美好。

抵达慕士塔格峰底时，我突感头痛，并伴有高烧症状，经过一夜的休整后，身体才稍有好转。

7月13日，我们到达了海拔4430米的大本营，开始进入适应期，这也是最难熬的一段时间，每天要负重爬六个小时的山，再用两个小时下山，每天重复着一样的路线，还要忍受身体的不适。

登任何一座山，最难熬的都是适应期，因为要忍受高海拔给身体带来的不适，以及每天负重攀登好几个小时的疲惫。这样反复攀登和撤退，是为更快适应当地的气候条件和为最后的冲顶做实地准备。

相对于不少人半个月甚至是一个月的适应期来说，我们的适应速度要快得多。一个星期后，我们和来自其他地方的登山爱好者被统一编队。21日，在慕士塔格峰的大本营，13人组成的队伍开始冲顶了。

张静在后来的采访中说：“刚开始冲顶的第一天，我就吓坏了，要过两座冰桥，两侧都是冰裂谷，根本看不见有多深，万一失足掉下去肯定就完了。”

因为山峰海拔非常高，常年被冰雪覆盖，不仅寒冷时刻侵袭着我们，而且离顶部越近，看到的颜色除了满眼的白色，什么颜色也看不见，即使带着太阳镜，眼睛也会不停地流泪。

空气越来越稀薄，脑袋像炸了一样，双腿也已经完全不听指挥了，甚至有几名队友都相继出现了幻觉……

但这些困难并没有阻止我们向上攀登的脚步。我们俩彼此照顾安慰，互相鼓励打气，一天到达一个营地，每天都在刷新着高度，5500米、6350米、6950米、7500米……

7月25日10时25分，我们终于登顶了。脸被晒得黝黑的我和白皙的皮肤上留下晒斑的妻子紧紧相拥，此刻我们忘记了脚下踏着的土地、头顶的天空和相伴的队友，只感受到彼此的温度和存在。

我们用行动告诉慕士塔格峰：“我们来了！”连同我们的爱情，也在高山之巅得到了见证和升华。我们成为世界上第五对同时登顶慕士塔格峰的夫妇。

之所以要带妻子去登这么高的山，最初只是想带她出去散散心，因为她当时身体不太好。

我鼓励她去登山，刚开始也没太多信心，就连哄带骗，可爬山回来后她完全不一样了，觉得自己还能做到这件事。

因为这次登山，妻子找回了自信，就像温室里的花朵突然经历了雨雪的洗礼，体会到了生命的繁华；也因为这次登山，2007年元月，我们有了自己的孩子蒲实，现在孩子八岁多了，我们都叫他“豆哥”。

通过这些事情，我决定要把一生交给山。我自己的人生、我的家庭、孩子都跟山有关系。

妻子张静是一个特别要强和坚持完美主义的人，她在深圳工作和教学时，因为对自己要求太高而得了抑郁症，开始对生活和自己都没有自信，医生说病情甚至影响生育。

我得知情况后，立即跑去深圳接她回西安看病，并告诉张静和自己的父母，我们回来就结婚。

我父亲说：“这样就抱不成孙子了。”我说：“我对不起您，但是我总不能不负责任，如果这时候她生病了我就离开，我对不起自己的良心。要孩子以后再说。”我这样跟父亲解释，老人也没再说什么。

张静则有很大的心理压力和很多担心，我告诉她：“大不了我们不要孩子，以后有条件我们再领养一个也行。”

2004年5月份从深圳回来到2005年初，我不断鼓励张静锻炼身体，带她去各处散心、游玩。

经过妻子的事情我感觉自己都成了心理医生，之前交流时她总是各种担心、顾虑，做什么事都缺失自信，跟我登完山回来后人变得完全不一样了，在登山的过程中她找到了自我。

我生命中重要的两个人，儿子和太太，我们互相帮助，我帮助了张静，在她病重的情况下没有做对不起良心的事；通过登山我们有了孩子，通过孩子她体会到了当母亲的感觉。

也是在这样的过程中，我的内心更加柔软，对大山充满热爱和崇敬，对命运和生活充满感激。

2016年初，从美国临走前一天，我给妻子和儿子包了一顿饺子，蒸了两锅馒头。

40岁以前，我给自己一顿饭都没有做过，记得生活最困难的时候，也是吃一块五一碗的朝鲜冷面。这次去美国特别好的一点是我能够静下心来，一个人没事的时候就给儿子和妻子做饭。好不好吃先不说，至少我尽力了。

我是2015年12月15日去的美国，走之前，我让母亲教了我怎么和面、怎么包饺子。到了美国后，发现这里的面粉是高筋的，很难和面，经过多次尝试和探索，现在饺子、包子、面条、烙饼我都会做了。

以前不理解“上得了厅堂，下得了厨房”是什么意思，现在我才真正明白，人就是要能屈能伸。男人也一样，能干别人干不了的事，也能干别人都能干的事，比如做饭。

在美国呆的两个月我最大的收获就是陪伴家人，并且学会了做饭。因为心里有爱，我能够沉下心去给他们做饭，我发现我慢慢找到生活的本质了，就是真正为所爱的人踏踏实实做好每一顿饭。

有时候张静说我包的饺子、炒的菜不好吃，不合她的口味。我说：“张静，其实我也知道，但是你再想想，在美国两年了谁给你做？也许我做得不好，但是我尽力了，再给我两年时间，我一定会做得很好的。”

也是在做饭的过程中，我体会到母亲和妻子的不易。

我妈做饭，四五个人众口难调，除了口味还有量的问题。我做的时候发现，有时候量没把控好，加上我三个人就不够吃了，我就说我不爱吃这个，让他们娘俩吃。以前我根本没想过做饭那么不容易，现在才发现生活中再细小的东西，都需要用心感受。

我认为生活的意义就是这样，每件事都用心去做，就能体会到生活的味道。现在到了四十多岁，越来越明白什么才是生活的本身。虚无缥缈的东西，不是我们这个年龄段去追求的。

爸爸出发：儿子和我的全新体验——搭乘三轮车

爱在路上

从母亲病房出来，我在不断思考作为儿子我所扮演的角色。

我也是个儿子，尤其是有了豆哥后，我希望用更多时间来理解作儿子的成长体会。我经常想，豆哥在慢慢长大，我该如何面对他的成长。

由于个人喜好原因，我们夫妻比较倡导孩子与大自然接触。豆哥出生后不久，我就带他去秦岭雪山玩雪、去河道抓螃蟹、爬峨眉山、滑雪。四岁前我带他去了西藏、甘南、香格里拉等路途比较艰苦的旅游胜地，目的就是培养他勇敢独立的品质和适应环境、与陌生人沟通的能力。

从表面看，这些都是简单的旅行或者游玩，但过程中也会碰到很多问题，一方面，孩子这么大，要经历在家里无法经历和想象的困惑、痛苦；另一方面，很多家长说，孩子太小，可能没有记忆。

事实上，在很多次旅行当中，我的疑虑逐渐被打消掉了。

去西藏那次，我和儿子经历了很多事情。我们到兰州时，正在吃牛肉拉面，老板娘端着一碗热腾腾的牛肉面，转身时正好泼到豆哥头上了，烫了一个非常大的泡，因为疼痛，他便嚎啕大哭起来。

我当时也很懊悔，孩子这么小，为什么要带孩子来？这样的疑问在我脑海中不断盘旋，内心五味杂陈。豆哥妈妈在遥远的悉尼听到这件事情后，不断指责、抱怨我。

豆哥在被烫伤后撕心裂肺地哭，抹上药之后过了一会儿，又跟什么事没发生一样，脑袋上顶着鸡蛋大一个泡跑来跑去。

我手指着豆哥告诉他妈妈说：”豆哥妈妈，你看他像不像有事的人？”于是我们继续往西藏去。

在西藏时，有一次关车窗我没注意，豆哥的两个手指头被汽车玻璃窗夹青了，他哭得很伤心。另一方面，因为高原反应，豆哥不住地呕吐，脸色苍白，嘴也发青。

我又一次懊悔了：“为什么会夹上他？”

作为父亲，看到那样的状态我也很难受，但后悔和指责都无济于事，那一刻我只有坚强面对。

豆哥告诉我：“爸爸，我头疼不舒服。”

一路上我也有轻微的头疼，一晚上我陪伴着孩子，搂着他没睡，让豆哥不停地喝水。

第二天天晴，我和儿子状态都好转的时候，我们的心情又恢复如初，两岁多的豆哥像什么事情都没有发生一样，在湖边玩石头，玩各种各样他平时玩的游戏。

一路上我一直问自己：“为什么要带孩子出来？”经过这两件事后我想通了，只要伤害在大人的掌控之内，没有危害到他的生命和安全就可以。

去西藏一个来回18天时间，豆哥被烫伤，最后又把头上的泡摔破了，两个手指头被夹青，经历了高原反应，但是回来后，我发现了不一样的豆哥。

他回来后跟没事人一样，但他变了，他特别鲜活，像一个小动物一样，开心地跑来跑去，我们大人认为很纠结的事情在他身上好像什么都没有发生，小家伙有一种活在当下的能力，回来后的状态不像身上发生过这么多故事的一个小孩的状态。

我们以前怀疑孩子受苦的能力，其实孩子的能力远远超出父母的想象，这样的经历真正锻炼的不仅是孩子，也有家长，家长在孩子受伤的时候比孩子还纠结、痛苦。经过这一次，我也懂得要更加冷静地看待孩子的潜力。另外，我对“孩子太小，出去记不住，带了也白带”这样的说法也产生了怀疑。

之前我也说不出论据，通过西藏的经历我发现，有些东西不是我们大人能理解的，豆哥在回来后画了很多画，就是他在西藏的场景。

我后来意识到，绘画是豆哥的表达方式和语言，就像大人看到美丽的风景就会赞美，而这些词汇是我们后天习得的，豆哥还不会，所以他用最天真、最原始、最本真的一支画笔，通过随意的涂鸦，把他的情感表达出来。

后来我在他的绘画里找到了他能记下来的所经历的一些事物，他每一幅画讲的都是他见到和脑子里想的东西，实际上他们是有记忆的，只是用他们的语言表达他们看到的世界和内心的情感，是我们不懂他们的语言，我们用成人的语言作为标准衡量他们。

从两岁多开始，我就鼓励豆哥画画。他不懂绘画技巧，完全是用他自己的方式，画自己所见到和想象的东西。拿起笔，他就充满自信、快乐地绘画。

我是学绘画和设计的，但是我从来不教他绘画，一个关键原因是，我希望他保持对绘画语言的兴趣，而不是要求他画得多么像、多么好。

我认为这是技术层面的，可以等他稍微懂事的时候引导他，或者他对绘画有兴趣之后，就会主动深入地学习和钻研，这种动力远远比我们逼他或者强迫他去做更好。

没有了安全和记忆方面的困扰，我就会带着豆哥一起经历更多的事情。在我看来，有些孩子长大后和家长关系逐渐疏远，是因为从小家长强制的规定太多，没有和孩子站在同一个水平线上，或者使用语言暴力，孩子小时候没有反抗能力，当他们慢慢长大有了自主意识之后，就产生了很强的对抗性，和父母产生较多矛盾。

小时候，我就在新疆的矿区里，和爸爸一起找鸟窝。家长和孩子同步成长很重要，要将两个人的频率调到一起，就要找一件事，一起做，一起经历。

豆哥今年8岁，从他出生到现在，我跟他一起成长有一个不可或缺的东西，就是“在一个频率上”耐心地陪伴他，他玩什么我玩什么，他坐到地上我也坐到地上，他玩乐高，我就跟他拼一个小时乐高，他玩游戏我也陪他一起玩，这样我们的交流和关系的亲密度就会高很多。

随着豆哥慢慢长大，我也会带着豆哥做一些男孩子做的事情，比如徒步和登山。

豆哥4岁左右，我就带着他到韩国徒步，他走了几公里，后来去尼泊尔徒步，两天时间他走了三十多公里。5岁时我带他去非洲看动物，也接触了更多的人。

6岁时，带着豆哥第一次登太白山，我也有很大压力，豆哥也清楚地记得他和我在山上的很多场景。

我们从早上出发，走了大概十公里左右，豆哥不想走了，便开始耍赖，抱着我的腿，说：“爸爸，我不想走了，我太累了。”这时的太白山上，漫天迷雾，快要下小雨了。

来之前，我也做了一定的准备，万一有什么事情或者豆哥走不动，我就把所有行李给背工，我陪着豆哥或者背他。

我这时也有点累了，就安慰他：“这样，我们坐下休息一会儿，我也累了。”

豆哥抱着我的腿和胳膊，继续嘟囔，要我背他。

“你的体重是30斤，爸爸的体重是160斤，是五个你这么重，如果爸爸再背你，六个人重，你一个人都这么累，爸爸是不是六倍的累？”我试图用这样的方法向豆哥解释。

听完我的话，豆哥没有说话，沉默了几秒钟，就说了一句“那好吧”，意思是他可以自己走了。

看到豆哥能感知到我的处境，而且很懂事，我很开心。就这样，四天三夜，我们父子俩完成了太白山80多公里徒步，这也成为我们之间一段难忘的经历。

因为有了这么多的共同经历，2015年暑假，我便萌生了与豆哥一起经历一次更具挑战性和意义的旅行的想法，这就是“爸爸出发”——100元钱，我们要从西安到兰州。但因为时间来不及，计划被搁置，所以2016年趁豆哥暑假，我便启动了这场计划。

我知道这场旅行会有很多开心与不开心的事情，最重要的是，我希望在旅行过程中，让他接受与明白，好与坏、善与恶都是生命的一部分。

我觉得，这些恰恰是日常生活中很难碰到的事情，孩子在家里都是掌上明珠，让孩子从小就能懂得人间冷暖是件好事情，总比把他们放在童话王国里要强。

六岁的儿子和我一同登上海拔3771米的太白山

我们从国道走，中途拦车，肯定有人拿白眼看我们，不理解我们，即使是很难听的话语，我也会和豆哥一起面对。我们要商量怎么花钱，没有钱了怎么办，吃住行这些问题我们都要共同解决。我要让他感受到爸爸的陪伴，这个过程中，不仅是孩子的成长，我也在成长。

之所以将此次活动命名为“爸爸出发”，是因为随着豆哥一天天长大，在他从稚嫩的少年到青年的过程中，我想扮演好爸爸的角色，多一些时间陪伴他，多一些我们在一起的故事，希望带着孩子一起去经历。我认为身教比言传更重要。

给孩子什么，不如给经历。豆哥现在八岁，我能感受到他的内心是很开放的，阳光的。很多孩子小时候很阳光，长大后反而内向、不开放，见陌生人会害羞，是因为孩子慢慢关闭了他的心门。我希望豆哥对世界永远保持开放、活力、激情的状态，这些东西是用钱买不到的。

正如韩寒在电影《后会无期》中所说：“没有观过世界，哪来的世界观？”为了让豆哥有自己的世界观，我就带他去观世界。

以后他的人生肯定会经历更多的好与坏，这些都是正常的。我带他去日本滑雪、去美国迪斯尼，带他去多见人，从小给他更宽广的视野，让他去接受人生的好与坏，慢慢体会和成长，学会感恩和爱，用勇敢、正直和善良面对未来。

100元，从西安徒步到兰州

2016年7月6日夜晚11点多，豆哥和我正坐在地上，甘肃省交通旅游图、衣服、帐篷、防潮垫、炉子、身份证、药箱等整齐有序地排列在我们身边，一个疯狂的计划第二天即将实施。

两个人，徒步，一百块钱，十天时间，从西安出发沿312国道一路向西抵达兰州。

西安到兰州的高速公路距离是646公里，开车至少也得一天时间，我们将通过徒步、搭车的方式丈量这六百多公里的路程。

离计划出发的时间还有九小时，我们用一个小时共同规划线路。豆哥正学习地图的方向识别以及各省道、国道、乡道的标记识别及颜色区别，我在准备前期的一些东西，把一百块钱换成一块的，并要和豆哥计划一下如何花。

突然觉得这一百元很沉，一百元换了一摞一元钱。

豆哥很开心：“我要和老爸去兰州，去用那些我没用过的东西，比如炉子。”对于自己会不会吃不消的问题，他一点也没有担心。

出发前有记者问豆哥能否坚持下来，豆哥回答：“我一定会坚持下来的。累了可以在石头旁边坐一下，然后接着走。”

“你们只有一百块钱，要是花完了怎么办？”

“要是我们看见有人锄地的话，我就去帮他播种子，我爸就把土盖上。”

“就是帮助别人？”

“对，然后他们给我一块钱。”

我也有很多担心，这几天我一直在想会发生什么样的事情，什么事会让我们父子俩手足无措。我想，肯定会有人不理解，认为我们是骗子，这都是需要我们去克服的问题。

未知，这也恰恰就是远行的魅力，没有人知道一路上会出现什么情况，我和豆哥的一百块钱可能会花完，面临饿肚子的窘迫，会遭遇他人的冷眼相对，也一定会遇到热心人的帮忙。

第一天，我们计划到达312国道入口处，至少徒步八到十公里。312国道沿途全是村庄，这也正如我说的，那就是社会，那就是人生冷暖，让豆哥提前去感受，没什么不好。

7月7日早上8点30分，属于我们父子俩的故事才刚刚开启，“爸爸出发”正式出发了。一高一矮的身躯背着一大一小的包，从西安出发，向312国道迈进。

早上9点半，我们到达咸阳西康村，312国道的入口处，我们的徒步从这里正式开始，一路向西。

这时的阳光也逐渐灼热起来，打在我们俩逐渐被汗水浸湿的背部、额头和脖颈。车辆不断从我们身旁急驶而过，像火柴棍似的，与地面仅有些许摩擦，便呼啸着奔向看不见的远方。

我们缓慢前行的脚步与这些现代化的交通工具相比真是望尘莫及，这种对比第一次让我们有深深的挫败感。徒步了大约11公里后，我们的脚步越来越沉重，呼吸也有些急促了。

我们开始拦车。面对我们俩不断晃动的双手，十几辆车没有任何反应，空留车轮碾起的扬尘和我们失望的表情。

灰心丧气之际，一辆有些破旧、红色漆变得暗淡的小三轮车在我们面前停了下来，我们说明希望搭车后，师傅二话没说，直接让我们上了车。

第一次搭车成功，我们的郁闷和无奈终于一扫而光，虽然开车的王师傅说这是一辆拉砖车，我们还是觉得心里暖暖的。上车后，风在耳旁吹起来，偶尔车一晃动，屁股也跟着颠簸起来。

我们在车上说说笑笑，一会儿就过了十几公里，到达乾县后，向王师傅表达了谢意并留了一张合影后，我们继续前行。

中午时，我们都走累了，看到一家餐馆门前有几张木制的桌椅，想在此休息会儿，便问老板要了一壶水，老板对身边的伙计说："看着点，别让他们拿咱的东西。"

听到这样的话语，我和豆哥都有点委屈，心里很不是滋味。心情稍微平复了一会儿，我对豆哥说：“无论好坏，我们都要接受。”

喝了一点水，豆哥躺在长椅上就睡着了。一路上，我们累了就找个地方坐一会儿，或者随便找个能睡的地方躺下来，无论是花坛边的围栏，还是路边的阴凉处。

夜晚，我们留宿在长武洪家镇一曹姓农户家，曹大哥让我们在家里的水泥空地上搭建了帐篷，还将自家地里采摘的一盘新鲜李子送给我们。

搭好帐篷后，豆哥也饿了，在炉子上为自己煮了一碗最喜欢吃的方便面，和李子一起吃得津津有味。

有了饮水、电、一个小桌子，加上帐篷，满足了我们基本的生活需求。通过聊天，我了解到，曹大哥比我大两岁，家有两子，大儿子26岁，已结婚生子自立门户，二儿子考上大学在外地学习，夫妻俩守护着十几亩地和身后的一院房。

曹大哥参加过两年越战，钻过猫儿洞，是越战英雄，房后的16亩地，都靠他和妻子勤劳守护，田里都是人工施肥除草，苹果上的纸袋也是他们夫妻一个个套上去的，一共六万六千个，用时九天。听到这些，我很是佩服他们。

夜里快十点，透着手电的亮光，在帐篷里，我总结了第一天的行程：

“这一天徒步十八公里，搭了四趟车，一趟拉砖车，十三公里，王小弟；一趟三轮蹦蹦车，二十五公里，李师傅；第三趟是拉煤

花了41块钱请两位师傅吃饭

卡车，咸阳千师傅，从永寿到彬县；第四趟是一辆货运卡车，师傅姓陈，把我们从彬县郊区拉到长武洪家镇，也是这天的留宿地，还给了豆哥麻花、矿泉水、雪碧，感谢这些与我们素不相识的好人，100元今天分文未动。”

徒步近二十公里，搭车四趟一百六十公里，这些车我们都是第一次坐。晚上聊起白天的经历，豆哥说：“还是有些辛苦，中午饿肚子时想哭。”说起袋中的100元还没花一分，他却很兴奋，希望明天也能坚持。

在彬县到长武县的路上，卡车司机陈小明叔叔送给豆哥的麻花、雪碧和两瓶矿泉水，他都没舍得喝完，说要留到第二天喝。我很感慨，看样子，来之不易的东西，他才懂得好好珍惜。

7月8日凌晨4点30分，我被轰隆的车辆声吵醒了。第一晚由于没有经验，我们住的地方距离马路十几米，货车等运输车辆一晚上没停过，每一辆都像从头顶驶过，我心想第二天一定要改善一下，距离马路远点，豆哥却睡得很香甜。

第二天早上7点多，豆哥从梦中醒来，我们匆匆收拾完东西，又开始了新一天的路程，计划晚上到达平凉，行程共120公里左右。

第二天总体顺利，幸福早早地敲门了。离开曹大哥家里，踏上312国道，徒步出发五公里后，一位面包车主动在道路旁等我们。

我不明所以，一问才知道，原来司机张师傅听了91.6频率的电台，知道了“爸爸出发”的计划，看见我们并进行核实后，为了表示支持，送我们前行了5公里。

路遇一个村落的小店，张师傅给我们买了四瓶绿茶，并指着琳琅满目的货架对豆哥说："孩子，想吃什么零食随便拿，叔叔送你的。"

豆哥点点头，只拿了一包小饼干，我问豆哥怎么坚持只拿一包小零食，豆哥说："叔叔也是花钱为咱们买的，多要别人的不好意思。"

和张师傅分开不久，我们碰到了一位手里提着香喷喷花卷的小伙子，豆哥上前交涉，这位小伙子送给了豆哥一个花卷，豆哥兴奋地说："我从没吃过这么好吃的花卷！"

我偷笑着说："看样子，和豆哥混难饿肚皮。"

顶着烈日的我们，大约在中午时分走到了高平镇，幸运地碰到了在这里教书的中学老师史大哥，知道了我们的来意之后，史大哥陪着我们大约走了5公里，听说我们还没有吃午饭，便热情地请我们吃正宗的高平羊肉泡馍。

我连连感慨，这是我一生吃过的最好吃的泡馍，因为从昨天到现在我只吃了这一顿饭。

可是当泡馍上桌时，豆哥怎么也不吃，交流半天只吃了一半，理由是"我不喜欢吃，你不能逼我"。

事后我有点生气："伯伯好心请我们吃饭，你却不吃，很不礼貌！"

豆哥噘起了小嘴：“因为我不想不诚实！”接着扮着鬼脸，“我知道我们只有100元钱，要尽量少花，伯伯请我们吃饭，我们没有选择，所以我吃了一半。”我听完后也是哭笑不得。

吃完饭，史老师邀请我们到他宿舍休息，并端来了高平西瓜。在史老师家休息了一小时，如同自己家般亲切温暖，豆哥还不忘记和史伯伯切磋一盘象棋。

一路上，有幸福和满足，也有无奈和心酸。“你们这样的人我见多了，最后就是骗！”这样的话语不时钻进我们的耳朵里，以及招手永不停的车，一辆又一辆地呼啸而去。

从史老师家出来，下午拦车三小时无人问津，我们的情绪都低落到谷底，最终还是等来了好心人，于深夜十点半如期到达了平凉。

到达平凉后，好心的司机李师傅给我们买了麻食、烤肉，我们还洗了一个热水澡。

从洪家镇到平凉，共用时13小时10分，行程120公里左右，徒步合计17公里，余下的路程靠搭车，换了六种交通工具，最豪华的要属大众途观，司机师傅看到我背着大包还带有小孩，就让我们上车了。

安全是这一行的重点，所以我们选择的是逆行徒步，原因是可以看到对面来车，更安全。

长武到永寿段312国道上，由于彬县煤矿多，路上有20多个轮子的拉煤车，一辆接一辆，爬坡就和蜗牛一样慢，加上早期修的部分路段狭窄，超车必须得等到对面没车过来时，弯道和视觉盲区太多，路上走人相对危险，因此摩托车、农用三轮车等是我们最常搭乘的交通工具。

两天没花一分钱，搭车最短两公里，最长六十多公里，总共已经走了二百八十八公里。豆哥在路上说："既然我们昨天没有花那100元钱，希望今天也不要花了。"

"两天累计步行近四十公里，几十位好心的叔叔、阿姨、老大爷帮助过我们，两天途中的所有吃住行全是他们提供，感恩！100元到目前为止还没有使用，这些陌生而温暖的帮助分分秒秒感动着我和豆哥！一块西瓜、一碗泡馍、一个花卷、一瓶绿茶，这些在日常生活中再平常不过的东西，在这次旅行中，显得尤为珍贵和奢侈！"我在朋友圈里记录下这些感动。

豆哥也记录下了这两天的感受："两天坐各种车12次，拦车无数次，中午最热时连续走路三小时，都饿了，幸福的是和老爸吃上了泡馍、麻食，叔叔给买了绿茶，与伯伯切磋象棋。收获是：先喝白水，绿茶留着最累时喝；即使叔叔买东西也不能瞎要；多一项手艺（象棋刚学会)会带来快乐，感谢路人帮助！"

扫描二维码收听
爸爸出发路途录制音频

70元的经历是人生最大的财富

在路上是有魅力的，到处都是陌生的风景，同时也让人惊惧，每一刻都不知道下一秒会发生什么。

行走了两天，我感觉时间很长很长，身体也略有疲惫，但精神紧绷，除了吃喝还有天气、距离，无一不在分秒间发生变化。

途中我和豆哥也有过分歧，比如不想走、想放弃，这些都是常常产生的矛盾，由争吵、谈判到讲和，我们在沟通和交流中更加理解彼此。

我也意识到，必须从帮助别人开始，这样别人才有可能帮助自己，用劳动和智慧换取生活所需，而不是通过乞讨的方式。

“爸爸出发”第三天，恰遇高温天气，我决定在平凉休息半天。这也是豆哥两天来最开心的时候，他和当地同龄小朋友在路边河里抓了一只青蛙，一群孩子开心地逗着青蛙玩耍。

等两天积累的疲惫完全消散后，下午两点，我们从平凉出发前往隆德。

烈日当头照，车辆依然搭不着。步行了11公里左右，一个货车司机停了下来，载了我们一段。在随后的路途中，我们帮一个农民伯伯在田里锄草，临走时他给了我们几个馒头表示支持。

车越来越难等，不断消耗着我的耐心，豆哥一路则给我讲述他所发明的各类武器、汽车，试图安慰我的失落感。

我告诉豆哥：“一路上我们搭过别人的顺风车，接受过许多陌生人的帮助，也受到许多人的误解和冷漠，这才是真实的世界，我们都要接受。”

我给他解释道：“当我们无助时，接受了陌生人的帮助，要去感谢，我们感受到了这份甜蜜，就会对其他人伸出援手，把这份甜蜜同样馈赠于他人；遭到误解也不要放在心上，我们明白漠视和误解对他人的伤害，以后为人处事便会少一些冷漠。”

豆哥点头。

晚上7点左右，我们到达六盘山镇，一天只行进了50公里左右，赶不到计划中的隆德了。

六盘山是山区盘山公路，很少会有人家，如果我们徒步穿越山区又搭不上车，晚上没有人家，就会有一定的安全风险，考虑到安全，我们计划在六盘山镇住下。

最终，我们落脚在六盘山镇政府大院里，刚开始工作人员不同意，我们说明了来意，同时以给镇政府大院打扫卫生为条件，说了一大堆好话，他们才勉强让我们留宿。

三天来，睡路边、走了几十公里路，豆哥都坚持着；遭遇冷漠和怀疑时，也从未伤心过，可在这里，豆哥第一次哭了，原来是肚子饿。爱吃的方便面熟了，却没有筷子，别人送了一双又不知掉到哪儿去了。

解决掉筷子的问题，吃了饭，我们俩紧接着商量第二天的行程。

7月10日，已经是行程的第四天。一大早起来，我和豆哥拿着扫帚和拖把，把镇政府大院的卫生打扫干净后，背着行李出发了。

这天，我们坐了这四天以来最酷的一辆车——足足3米多高的小麦收割机。我们巧遇陕西扶风的李师傅和高师傅，他们痛快地让我和豆哥分别坐两部车，65公里，也是这一行程中搭车的最长距离。

在交流中，我们得知，收割机使用季节性强，在小麦成熟的时间段里，最长一趟两三个月，短则半月。这几年靠收割机收小麦也很难赚到钱了，因为收割机太多了，仅扶风县今年就有上千台收割机上牌，他们每年也就只有两三万元收入。

师傅送我和豆哥到联合村，为感谢他们，100元第四天首次“松绑”。

经和老板讨价一番，省下两元，豆哥以每包5元的价格买了两包延安香烟送给了师傅，还花了三元钱买了一瓶饮料奖励自己。

虽然花费了13元，但看到豆哥懂得关心别人，知道生活来之不易，我也挺满足。

接着又是一路枯燥乏味的行走，父子俩则自娱自乐，我把白毛巾给豆哥围在头上以减弱太阳的炙烤，路遇一朵蒲公英，豆哥吹起的那一刻，我用相机将此刻定格。

或许是因为劳累和炙热，豆哥的情绪有些低落，我们的境况却在最绝望的夜晚来临前柳暗花明。

晚上7点40分，我们还在静宁县至会宁县的老312国道上，路窄车少，我也有些担心，打算放弃到会宁的计划。但大卡车司机宋雄师傅的出现，就像黑夜里的一点亮光，第四天的最后五十公里，第十七次搭车，给了我们又一次的欣喜。

到达会宁后，为了表达感谢，我和豆哥商定，帮助宋师傅一起把货物卸下车，帮忙把板材一一卸车后，宋师傅还邀请我们晚上留宿他家。

宋师傅的妻子为我们准备了晚餐，做了几个小菜，我们感到特别开心和满足。我不禁感慨：“平时吃过多少顿饭，也许都记不清，只是例行每天的惯例。一顿饭不重要，重要的是跟谁吃、怎么吃，饭可以滋养我们的身体，但什么滋养我们的精神和灵魂呢？感谢劳动，感谢生命中的每一次相遇！”

7月11日，第五天，距离兰州还有180公里，我们还剩下87元。

早晨起床收拾好东西，为了感谢宋叔叔一家的热情款待，豆哥依依不舍地把自己很喜欢的水杯送给了叔叔，还把这一路唯一带的乐高玩具送给了小姐姐。

从会宁县出发，我们在路途中又碰到了昨天开收割机的扶风兄弟李师傅、高师傅。因为昨天收割机出了故障，夜里三点他们才赶到会宁县，八点多又出发。

我问他们收获如何，李师傅有点无奈地说："昨天下午有人叫我们收麦，高兴地跑过去，五公里距离只收了一亩，挣了70元，这地区没有麦子。"

为了表达对他们的感谢，我通过朋友圈等途径，帮忙他们联系需要收麦子的农家。

坐收割机觉得很过瘾。豆哥给我说："我这几天知道了大货车有六个前进档，一个倒档，而收割机有三个前进档，一个倒档。"

路边小馆吃午饭，豆哥主动请两位叔叔吃拉条子，给我们自己要了汤面片，我问："为啥不都要拉条子呢？"

豆哥回答："拉条子12元一盘，如果4个人就要花去48元，而汤面片小碗8元大碗9元，这样就可以省下7元钱，41元就够了。"

和老板娘核对两遍，余下的87元减去41元还剩46元。

问豆哥后悔不，豆哥答："不后悔，因为叔叔们也载了我们。"

因为收割机师傅的帮助，我们顺利度过了下雨区域，下午到达了预定目标榆中，距离目的地兰州40公里。

接下来要解决晚上住宿的问题，或许是长时间离开家的原因，豆哥表现出想马上回家的愿望，情绪有些低落，开始想念妈妈了。

晚上榆中下着中雨，温度十五度左右，穿短裤短袖的我也全身发抖。准备寻找住处时，在和一小卖部老板娘交流过程中，得知兰州到榆中的中巴车费8元，全程40公里。

豆哥用渴望的眼神看着我，兴奋地说：“爸爸，我们坐中巴吧。”

我问：“那费用呢？”

豆哥仔细算了算46元的余额：“如果坐中巴一人8元，两人16元，我们还有30元，说不定还能吃点东西！”

就这样我们来到中巴车上，司机师傅说：“晚间车辆，每人十元。”

我问豆哥怎么办。

豆哥勇敢地对司机师傅说：“叔叔，能不能给我们便宜点，哪怕一元钱，我和爸爸从西安一路走过来，今天第五天了。”

司机答应了豆哥的请求，我们于7月11日晚近11点到达兰州。

我们做到了，那一刻特别激动，豆哥也搂着我哭了出来。这一路上，我理解最深的是：只要在路上，一定有人帮你！

结束西安到兰州之行，100元，还剩余30元。

豆哥记录下了这沉甸甸的100元的花费：

“奖励自己一瓶饮料3元，自己小碗面片8元，老爸大碗9元，给辛苦帮助我们的收割机司机买两包延安香烟10元，请司机师傅吃

2012年夫妻俩在尼泊尔大环线徒步

炒拉条子两盘合计24元，坐中巴每人8元合计16元，100元花在自己身上20元，其余请叔叔们，这100元值了，感谢一路帮助我们的叔叔阿姨小朋友以及不相识的陌生人！”

“爸爸出发”从西安一路向西去兰州，或步行、或搭车、或借宿，一切变与不变都在旅行途中，只带100元，五天，吃、住、行，用劳动智慧换取生活所需。这是一次属于父子的旅行，这是一次老爸和豆哥的成长之旅，在旅行中共同学会爱、自信、勇敢、坚强、感恩，去年的计划在今年实现了。

我们钱少去干活，没车我们走路搭车，没床我们住帐篷、住老乡家屋檐下，五天我们走了近110公里，搭乘了各类交通工具21趟，我们帮过老乡锄草、摘果子、卸车、扫地、清理垃圾，更多的人也帮助了我们，这一路感恩陌生人的支持，感恩暖暖的人情。豆哥学会了讨价还价、节约资源，学会了珍惜，学会了算帐，懂得了感恩、知恩图报、不抱怨、不后悔。我们哭过，我们笑过，我们一起经历，一起成长！感谢西安！感谢兰州！

一路上我们听到得最多的话：“为什么去兰州？”

在兰州休整一天，调整了几天的劳顿之后，我可以开玩笑地回答：“只为吃碗拉面。”

无经历，不兄弟，这是我所坚信和倡导的。

100元余30元，70元的经历是人生最大的财富。我们回家去！

【实·幻】我的世界

豆哥问老爸：为什么要登山？

答：想知道山有多高！

老爸问豆哥：为什么要画画？

答：纸太白了！

这是我和儿子蒲实的一段有趣的对话。

从两三岁开始，豆哥的注意力只在两件事情上能集中，除了乐高之外就是画画，一幅作品有时能画一到两个小时。大到战艇，小到螺丝帽，每年积累一两百张作品。

起初，为了鼓励他，我和妻子将他的画配框上墙，或者送朋友，还有一张，我将其设计为自己的家庭亲子装。

在一片雪地上，孩子、妻子和我依次靠着坐在一起，儿子蒲实在我们服装上设计的“三只蚂蚁”线条明晰、色彩斑斓，一家人幸福的背影静谧安详。

我将这张照片设置为微信背景，最让我感叹的是，他表现男人（爸爸）的《绿》，色彩简单稳重，人物眼神凶悍，线条硬朗，手持武器，全身各类小武装；第二幅图《蚂》，女人（妈妈）色彩为粉紫色，线条流畅，手持针线和裤子作缝补状，这是他心中的慈母；第三幅图中，豆哥（自画像）造型更稚嫩，写着作业，头脑里正想着“5十5＝？”“两个电线如何对接？”脑袋上方一个螺丝可以把他们都关上，且用了更活泼的色彩进行表现，总之在他心中：男人＝粗犷，女人＝细微，儿童＝多彩，这些特质被准确表达了！我喜欢。

在我看来，做任何事情最重要的是坚持。除了绘画外，我还鼓励豆哥学钢琴。

豆哥从幼儿园开始学习钢琴，到现在算起来不知不觉已经四年多了，最欣慰的是，现在问起豆哥是否喜欢弹钢琴，他都很坚定地回答喜欢。我目睹了他的成长，学钢琴不是一定要怎样，而是学习钢琴的过程中希望他学会坚持、耐心、自信、自律。

2014年，六岁的豆哥幼儿园毕业，人生中第一个毕业，我想给他做个总结并鼓励他继续坚持绘画，便萌生了为他举办一个画展的想法，这就是第一届“【实·幻】我的世界”的诞生。

“实”取自儿子豆哥的名字“蒲实”，“幻”意在展现孩子们用画笔所呈现的一个色彩斑斓的想象世界。

为了让这个画展更有意义，我将其策划成一场儿童公益画展。这些画都是可以被义卖的，我们用卖画所得的钱成立了一个基金，用来帮助患有自闭症的孩子。其实儿子的很多画画得特别好，我自己都有些舍不得卖，但是我和孩子商量后都觉得，将它们分享给大家，要比放在家里好很多，于是就借来了朋友的展厅，办了这个画展。

我希望用这样的方式告诉孩子，自己的画作除了可以展览外，还可以用来帮助需要帮助的人。

同时，为了从一个孩子的梦想变成所有孩子的梦想，让更多的家庭参与，我和童梦奇缘绘本馆面向广大小朋友征集平日里的绘画作品，为蒲实和其他孩子们举办了一个集体画展，所有作品都参加义卖，得来的钱款用来帮助自闭症儿童以及聋哑儿童。

每一次拿到小朋友们投稿的作品时，我和绘本馆的工作人员都会被深深地打动，这些画虽然没有深厚的绘画技巧，但饱含了孩子们对于世界的观察和态度，并通过画笔被真实地表达了出来，这是非常可贵的。

我们不在乎画作质量的高低，我们只关注是否是孩子纯粹的表达，我们希望通过这种方式，让他们明白，他们也可以帮助到很多渴望美好的同龄人。

2014年7月，第一届“【实·幻】我的世界”画展在半坡艺术区跨界艺术机构展览厅举办，展览的消息在网络和朋友圈里传播后，很多人慕名而来。义卖现场的气氛热烈，展览的第一天，就卖出了30多幅画作，筹集了近两万元善款，并捐助给了有困难的孩子。

以豆哥画展为引子，我成立了独立账户，同时启动“儿童帮助基金”，69幅作品卖出44幅，所得款项共25700元，并按4：3：3的比例进行分配，40%用于基金存款，发展基金、壮大基金；30%用于义卖、画展等活动费用支出；30%用于捐助物品购买，帮助自闭症、聋哑儿童。

2015年7月，第二届“【实·幻】我的世界”画展依旧在半坡艺术区举办，参与的人数、家庭规模和捐款数额较第一次都有很大提升。

举办过两届画展后，我问豆哥：“画展有意思吗？需要坚持吗？”

豆哥说:“当然，因为可以遇见好朋友，看到小朋友拿着自己的玩具和书很高兴，我当然也开心。”

艺术就是媒介和通道，一个通往自由、创造、快乐和分享的实幻世界。

2016年，蒲实累积了上百张作品，步入8岁后他的画作篇幅大了许多，场景、色彩、造型复杂得有时他自己都无法掌控。同时，我有一个有趣的发现，他竟然探索出很多新技法，例如用钢笔可以画出一些动态的感觉，用铅笔可以表达厚度，他因此得意于其中，我想这便是创作的乐趣。

我对他的建议就是“自己觉得好就行”。

2016年7月23日到24日，西安曲江曼蒂广场负一层，第三届“【实·幻】我的世界”儿童公益画展如期开展。

那时我和儿子刚刚从兰州返回西安不久，一次旅行结束，新的旅行又开始了。

浮躁世界里，童心多可贵。这次画展累计展出儿子蒲实及其他小朋友原创绘画几百幅，既有《科技博物馆》《星际巡航》《克隆战争》《恐龙诞生》《危险海底》等科技幻想类的作品，也有《我爱你爸爸》《做房子》《妈妈有时候》《情绪转换器》《我的心里充满爱》等生活温情类作品，展示了孩子眼中的独特世界。

其中蒲实的《妈妈有时候》，用最简单的方式和线条，描绘出妈妈的各种心情和动作，高兴、悲伤、玩、拥抱……在多样的色彩和形态中呈现着爱的多姿和丰饶。

画展的目的，不是想展示孩子绘画有多好，而是通过画展汇聚更多小朋友，用他们手中的画笔去帮助别人，让孩子们在自己的喜好中找到自信和尊重。

这次公益画展共卖出画作33幅，计14260元，画册公益金642元，共计14902元。

这次画展结束后，我总结道：我们的初衷是让孩子懂得用绘画帮助别人，画展将每年举办一次，直至孩子们有能力自己管理。

连续三届的画展，收获满满。有很多人和机构帮助画展顺利举办，有提供场地的、媒体宣传的、机构协助的、提供画纸的、承担打印工作的，还有很多帮忙的志愿者。

最要感谢的是每年收藏孩子画作的朋友和家长，正是你们让孩子有信心、有梦想，正是你们画展才得以延续，以一个孩子的梦想链接更多孩子的梦想，让他们明白他们学习的一切技能都是为了帮助别人。当每个孩子明白用自己的厨艺、劳动、学习、艺术可以帮助他人、获得价值时，他们就会踏实地做自己擅长的事情，画展的初衷就是这样。

我们欢迎更多的孩子、家庭、机构参与，让这个平台真正成为一个孩子们互享、互助、互相交流的通道。

也有家长会问我："为什么要把钱花在每年给孩子办一次公益画展上？"

我一直在思考，在孩子未成年前，除了吃饭穿衣等正常基本的生活需求外，怎么为孩子花钱才是正确的呢？

是帮助孩子建立完善的人格品德，还是让他只学会"败金"？是为孩子的梦想插上翅膀，还是折断孩子的翅膀？是让孩子从小懂得帮助别人，还是只知道索要别人的帮助？是让孩子内心装下更多人，还是只装自己一个人？

思考了这些问题后，我觉得，每个孩子都是天才，是天下父母心中的雄鹰，有翅膀他们就能翱翔于蓝天，我们需要帮助他们建立强大的自信，提高精神追求。孩子小，表面看起来似乎还不懂这些，事实上这些观念和行为已经成为他生活的环境和土壤，可能影响他的一生。

后记

多年的时光和经历在我的大脑中常常涌现，通过这一次的写作，感觉那徘徊已久、挥之不去的记忆一件一件从我的指缝中溜走了，有种蓄积的洪水倾泻一般的感觉，心中顿时畅快许多。

每个人的生命都是一次漫长的旅程，定期做一些整理和总结的工作，下一站的旅途方向便会更加坚定，自我的生命也会轻盈起来，以便顺利到达下一个目的地。

我曾有过阶段性的总结，而通过写书这样一种方式进行较为系统性的历程回顾，还是第一次，它带给我很多的思考和启发。

回过头来看，人生哪有什么特别的确定性，都是自我每一次的抉择和行动所构筑的总和，其中有一些机缘的随性和偶然，也有自我把握机缘的主观能动性，像一个个散落的珠子，不知什么时候，这一切就会串成一条项链。

就像1994年那次沙漠的徒步，让喜欢画画的我与户外产生了关系；就像到西安做了几年销售经理后，我在店面管理和零售方面积累了经验，于是就有了“绿蚂蚁”的诞生。

偶然与自主性交错，生命便呈现出这样一条路径，像一条小溪，在蜿蜒和曲折的流淌中，淙淙流过的轨迹便在后来清晰可见。

在我们命运流淌的河道里，时刻倾听自己内心的声音是至关重要的。我们会面临金钱的诱惑、权力的压迫、欲望的纷扰，而内心中最真挚的呼唤、渴望与梦想则需要我们给予它最温柔的珍视和守候。

在这样一个纷繁变迁的时代里，无论是面对商业世界的风云变幻，还是职业的多样化选择，我认为，找到自己内心最纯真的喜欢以及建立自己的专业性尤为关键。

在这个互联网连接一切并可以最大化互相协作的时代里，专业性是我们生存的一大法宝。作为一个户外从业者和登山爱好者，我会更加专业，“绿蚂蚁”作为公司也是如此。

至于我自身，写过这本书之后，我想，我会生活得更加轻盈，更加忠于自己的内心，做自己想做的事情，同时，更加珍惜我生命的价值，让它发挥应有的能量。

感谢所有。愿我们每一个人的生命，能追随内心的呼唤，自然流淌。

附记

蒲伟手记

人活着都会死，有爱好和没有爱好的人！两者之间差别是"生活"和"活着"

事情本身不重要，重要的是会吸收营养，攀珠峰已经七年，在这七年中我不断吸收，对生活有益的养份，让生活变得更加灿烂！

向自然学习智慧，解决生活的问题！

登山是修行的一种方式而已，只不过是我选择了这种方式！

长期与自然打交道，人会变得更简单、快乐！因为人在自然面前无法作假！

登山是一种修行，也是一种人生哲学，更是一种生活态度。二十年的登山领域里不断探索和追求，发现极简主义生活方式，深入分析自己，什么对自己最重要，然后用有限的时间和精力，专注追求，从而获得最大的生活幸福。放弃不能带来持续喜悦或使用的物品，控制无效烦恼的精神活动，简单生活，从而获得最大的精神自由，回到本我。我们的人生是否只注重高度，更重要的还要有宽度和厚度！

当你明白健康不是自己的，是你爱的人和爱你的人的，你的行为自然会发生改变。如：严格控制饮食，坚持锻炼身体，从而你变得越来越坚定，越来越自信，越来越热情！

很多人都问我，登山给我最大的收获是什么？我想说：攀山让我明白人生的价值和意义：我想要什么？我还应该做些什么？是付出而不是索取！

秦岭山区飞出的一只“净水鸟”

绿色，代表了纯净、自然、生机勃勃。绵延不断的大秦岭，在陕西人眼中既是一道绿色的屏障，又是休闲娱乐的风景胜地。当我们赏山玩水，尽情享受着大自然带来的美妙和惬意感受时，有一群人，他们行走在深山中，一个一个捡起被游客弃置于山野小溪中的气罐，处理掉残留于绿地上的垃圾，身体力行地为保护环境、保护这片美丽的山河尽自己的心力。

这只队伍由近万个“驴友”组成，他们有一个统一的名字——净水鸟。

“净水鸟”的组织者、发起人，也就是本书的作者蒲伟，已经在这项事业中坚持了12年。12年，“净水鸟”公益环保活动吸引了近万人参与，捡拾垃圾4吨多，捡拾废气罐30000多个，影响了全国超过100万户外人群爱护环境。蒲伟说：“因为喜欢登山，所以想为山做点事，山上的垃圾捡不完，一个人的力量也有限，但精神却能传很远。“净水鸟”是一种精神，希望每一个人都能做一只净水鸟，为环境做点事，为我们的父亲山做点事。”

源于这个初心，我们共同决定，把此书的所有书款捐献给“净水鸟”爱山爱河环境保护基金，希望每个人在分享蒲伟先生的登山经历和生活感悟的同时，也能参与到爱护自然、爱护环境的公益事业中来。

扫描二维码
您所购之书即成为为我们的父亲山尽力的公益之举。

图书在版编目（CIP）数据

登上珠峰：我生命中的山峰／蒲伟，张静著．—
西安：陕西旅游出版社，2016.12
ISBN 978-7-5418-3449-3

Ⅰ.①登… Ⅱ.①蒲… ②张… Ⅲ.①报告文学—中国—当代 Ⅳ.①I25

中国版本图书馆CIP数据核字（2016）第298962号

登上珠峰——我生命中的山峰 **蒲伟 张静 著**

责任编辑：张 颖
出版发行：陕西旅游出版社（西安市唐兴路6号 邮编：710075）
电　话：029-85252285
经　销：全国新华书店
印　刷：西安奎井印务有限公司

开　本：787mm×1092mm　1/16
印　张：16
字　数：200千字
版　次：2016年12月 第1版
印　次：2015年12月 第1次印刷
书　号：ISBN 978-7-5418-3449-3

定　价：45.00元